AF286187

Bibliografische Information der Deutschen Bibliothek:
Die Deutsche Bibliothek verzeichnet diese Publikation in der Deutschen
Nationalbibliografie. Detaillierte bibliografische Daten sind im Internet über
http://dnb.ddb.de abrufbar.

Umschlagfoto: Norbert Golluch
Sonstige Fotos: Norbert Golluch
Umschlaggestaltung, Satz & Layout: Norbert Golluch & Thomas Geduhn
Herstellung und Verlag: Books on Demand GmbH, Norderstedt

ISBN-13: 9783833492433

GEFANGEN IM KOPF

13 Texte

Kurzprosa - Essay - Erzählungen

Inhalt

Amsterdam - Ach wie gut dass niemand weiß

In Übereinstimmung mit der christlichen Zeitrechnung schreiben wir das Jahr 1970.

Noch immer sitze ich hier in der Voreifel, in einer sozial wie architektonisch deformierten Stadt. Ich atme nicht den virtuellen Staub des letzten Schrittes vor dem Öffnen der Türe; fühle nicht die Kraft des luziden Abenteuers, die den Gang in den Hüften und der Taille steuert. Ich erahne noch nicht die wirkliche Trennung von unsäglicher Eintönigkeit, die brüchige Selbstgefälligkeit meines Ursprunges.

Bei jedem weiteren Schritt über die Straßen reihen sich zuverlässig alle Passagen einer morbiden Koalition von räumlich wirksam greifenden und strikten Anweisungen sowie topografisch erkennbaren Phantasiebarrieren, die es Schritt für Schritt, Schritt für Schritt, zu überwinden gilt. Der Kopf ist annähernd rund, damit das Denken die Richtung wechseln kann. Also wechsele ich die Richtung. Ich gehe über eine Straße, es ist *die* Straße. Hier zählst du die meisten Autos. Ich sehe, nun ja, manierlich aus. Noch ist der frühere Schlafsack eines Bundeswehrsoldaten gut in Schuss. Die grüne Joppe ebenfalls; sie ist mein Liebling. Ich besitze 24,85 DM.

Nicht viel, was soll ich sagen, ach, da vorne hält ein Auto. Nicht schlecht, so schnell, und der Wagen selber, gerade gut genug. Die Frage ist, wie weit kommst du in diesem Fahrzeug? Hallo, hallo ... Der Fahrer ist nett, ich bin nett. Ja, da will ich auch hin, super. Sittard raus, ach Roermond wäre viel besser gewesen. In Sittard kommst du nämlich schlecht oder gar nicht weg. Also weg von der Reichsstraße.

Die niederländische Polizei kann ungemütlich werden. Trotzdem, die Autobahnauffahrt, ich bleibe hier stehen. Ich muss, wenn ich mich nicht über Nacht in die Büsche schlagen will. Ein Auto kommt vorbei, fährt langsamer, noch langsamer und beschleunigt. Das nächste hält. Sie fährt bis Hilversum. Klasse Musiksender gibt es dort, den besten in Europa. Hilversum liegt nicht ganz auf meiner Route, ist aber gut genug. Wir kommen an in der Stadt. Ich darf bei und mit ihr schlafen.

Hilversum sieht aus wie ein kleiner Stadtteil einer kleinen nordamerikanischen Großstadt. Oder besser noch, wie ein riesiges Erholungszentrum in öffentlicher Verwaltung. Entspannt, noch viel Grün und Blumen weit und breit. Sommerliche Gefühle stellen sich ein, obwohl es herbstet. Aber was empfinde ich hinter meinem Sommer? Bin ich etwa zu weit gereist, zu weit gegangen, denn ich fühle mich ein wenig verlassen von der Welt, etwas ununterstützt und, verdammt ja, noch ziemlich jung. Leichter Schwindel macht sich bemerkbar. Aber ich kann doch jetzt nicht sagen, dass ich Beistand brauche. Komm jetzt, mentale Kraft, was soll das hier?

Eine Bäckerei links und zack: zwei Tassen Kaffee später halllllooo - guten Morgen, guten Morgen. Ich laufe eine ziemliche Strecke und es macht Spaß. Ein Kleinlaster fährt nach Amstelveen. Ich fahre mit der Regionalbahn weiter. Centraalstation, dahinter ›Het

Ij‹, eine größere, zusammenhängende Wasserfläche, die zum Einzugsgebiet des Hafens gehört. Genießerisch steige ich aus, obwohl ich die Fahrt nicht bezahlt habe. Ein Hochgefühl, das mich von innen auskleidet. Mit meiner Physiognomie halte ich mir die unfreundlichen Blicke vom Körper. Nein, dies ist nicht die Stadt in der Voreifel. Die Gesichter hier sind nicht nur fremd. Soviel ist klar, es sind nicht wenige, die aus Europa eine zweite Heimat machen. Mag sein, dass das Straßenbild anders aussieht. Aber Amsterdam ist seit Jahrhunderten ein Tiegel der verschiedensten Kulturen.

***

Große innerliche Aufregung. Ich sehe den Damrak, das königliche Palais und die Roosengracht schon vor mir. Die Fahrt mit der Tram zum Leidseplein, in dessen unmittelbarer Nähe das anrüchige ›Melkweg‹ und das nur wenig gediegenere ›Paradiso‹ sind. Hinter dem ›Paradiso‹, das –Nomen est Omen- in einer alten, weiß getünchten Kuppelkirche sein Zuhause gefunden hat, liegt der Vondelpark mit der vorgelagerten Jugendherberge.
Und - sei sie noch so alleine und von noch so weit her einsamst angereist; ich betrachte die Kundschaft dieser bürgerlichen Schlafsammelstelle mit beträchtlicher Verachtung und für meine Verhältnisse mit rigoroser Ignoranz. Ich ertrage individuelle Mythenbildungen nur schlecht. Besonders jene, welche die kurzzeitigen Vereinnahmer des Weltengeistes als Episoden zum Besten geben, etwa wie » ... dann fuhr ich tausenddreihundertfünfzig Kilometer am Stück auf der Ladefläche eines Pickups durch den Süden Patagoniens. Das Wetter war, na ihr wisst schon. Echt, ich muss schon sagen, diese Einsamkeit verändert einen sehr.« Oder »Es war der reinste Wahnsinn, als wir ohne jede Genehmigung Kamschatka durchquerten, die Ureinwohner verstehen lernten und den besten Sex auf dem Altiplano mit den Indiomädchen hatten.«

Ich empfinde es als unerträglich, vielleicht, nun, weil ich vielleicht wohl auch selber vergleichbare Wesenszüge in mir gefunden habe und zu meinem größten Bedauern immer noch finde.

Was soll's. Ein Mensch kann viel ertragen, solange er sich selbst ertragen kann. Doch lassen sie mich weiter urteilen. Diese properen Menschen verströmen den Duft der global wohl geordneten Erste-Welt-Länder. Kulturelle Wesen, allesamt erster Güte.

Sie kommen mit sorgfältig ausgewählten Survival-Kits und Trekkingausrüstungsgegenständen bester Marken daher, die sie nach vorwissenschaftlichen Maßstäben und wirklich sehr aufwendigen Beratungsgesprächen gekauft haben, damit sie den Gang um die nächste Straßenbiegung auch ebenso wirklich überleben.

Alles ist so wohlfeil, für Situationen etwa wie den freien Fall aus dreihundertundfünfzig Schluchtenmetern oder die weltweit härteste Meeresbrandung, wo ihre Ausrüstung tagelang an den Klippen entfernter Gestade aufgerieben zu werden droht. Die meistens sehen so aus, als hätten sie eben noch ein Stück bester Seife gegessen. Läppische Nationalflaggen im Schrumpfformat zieren ihre Ausrüstung. Wie überaus international. Wir sind alle Erdenbürger miteinander. Dies ist Amsterdam, die Stadt der Freien und hier trifft sich die ideale Jugend dieser Welt, denn hier findet Völkerverständigung pur statt. Herrjeh, ich freue mich klammheimlich über gekonnte Zugriffe auf ihr Hab und Gut.

Hallo ihr da zuhause, ich war in Amsterdam - es war überaus gefährlich - ich habe meine Unschuld verloren - ich kenne alle Coffieshops und - die Amsterdamer sind so was von schwul. Wow! So reden sie daher, gerade so, als hätten sie ein zweites Leben in sich entdeckt.

Einige bilden sich gar ein, vom Geist der neuesten europäischen Geschichte gekostet zu haben; was für ein Theater der Narren.

Sie faseln davon, wie sich der universelle Zeitenumbruch und ähnlicher Blödsinn zeigt, und wie er sich auf sie ganz persönlich auswirkt.

In spätestens zehn Jahren sind sie entweder Opfer ihrer Drogengier geworden, oder sie werden sie sich mit lässiger Geste die Fusseln von ihren gewollt dezenten Maßanzügen oder weithin sichtbaren Pradakostümen wischen und reiben sich noch einmal vor weiß-Gott-welchen-offiziellen-Veranstaltungen verstohlen die ohnehin blankest geputzten Gucchischuhe mit dem Stecktuch porentief sauber. Oh ja.

He, du da, ja du! Du sitzt da rum, hörst dir, wie ein Therapeut, die ganze Zeit meine Ergüsse an. Hast du vielleicht irgendwas zu sagen? Bin ich etwa eingebildet?

Ich sag dir mal was für dein Poesiealbum:

Geborgen in Schoße einer nie endenden Nacht entdeckt man, dass Dunkelheit das hellste Licht erzeugt. Geborgen in seinem Raum tief unter der Erde entdeckt man, was man wirklich wert ist. Vergessen, während man hier ist.

***

Die Nostalgie der Blumenkinder hängt seltsam zeitlos über den Rosensträuchern des Parks.

Regelmäßig um die Mittagszeit, aber leider nur sechs Tage in der Woche, kommen die Harmlosesten dieser Welt mit ihren metallenen Kalebassen auf einem lächerlichen Handkarren daher, um die eigentlich gar nicht so Hungrigen zu speisen. Diese liegen, stehen da und hängen in einem Wohlgefühl selbstgefälliger Andersartigkeit in ihrem Leben, die an einen Januskopf erinnert. Hinter der freundlich toleranten bis liebevoll zärtlichen Attitüde, denn dies ist ja Amsterdam, sehe ich aus der Art geratene Wölfe, die keine Attacke, keinen Missbrauch scheuen.

Zivil züchtige Enthemmung - wie geht so etwas zusammen? Jeder Kilometer entlang der Hypotenusen beschleunigt sie fort von den Kontrollinstanzen ihrer Kindheit und Jugend und eröffnet eins ums andere mal eine ´so habe ich das noch nie gesehen Perspektive`. Dabei hinterlassen sie denjenigen emotionale

Bannmeilen, die sie irgendwann ins Leben entließen. Wirklich, ich muss schon sagen: sehr, sehr emanzipiert, selbstständig, einfach stark. Ach was sag' ich! Das ist der reinste Freilandzoo. Aufrecht gehende Primaten, die sich selbst als Forschungsobjekte betrachten. Ihr Forschungsprogramm besteht aus einer veränderten Nahrungserwerbsstrategie.

Dann schenken sie dem beobachtbaren Verhalten der anderen etwas mehr Beachtung; zum Beispiel der Konfliktvermeidung und Dominanz und Autoaggression, den Symbolgebungen und natürlich –ist doch klar– untersuchen sie auch das Sexualverhalten! Sie kochen sich ein laues Korrelationssüppchen, verleiben es sich ein und wenden ihre Ergebnisse unmittelbar, spätestens aber am nächsten Tag an. ALLES GEHT ...

Die internationale Ansammlung derer, die bei sich zuhause stets nur warm duschten, diejenigen, die so oder so früh und real missbraucht wurden, oder diejenigen, deren Lebensaggressivität ihren Kurs trimmt: alle suchen sie den point of convenience. Solange sie ihn noch nicht gefunden haben gilt das Motto: Ich bin heute schon aufgestanden, ergo habe ich überlebt. Das reicht!

Mit sanft grummelnder Stimme möchte man sagen: Schutz verspricht allein der weite Stadthimmel all denen, die hier in diese Blase fremd eingezogen sind.

Kann irgendjemand das Raumschiff Leben richtig auf Kurs halten? Eine Ratsversammlung von trilliarden Zellen, die sich zusammengeschlossen haben. Wie entscheidet sich, welche leben werden?

Die Amsterdamer Sektion der Krishna-Jünger ist da fein raus. Wie ihre weltweit in kleinen und geborgenen Zellen verstreut lebenden Mitjünger begegnen die hiesigen solchen Fragen mit ihrer typischen Öffentlichkeitsarbeit.

Wie stets nähern sich die Hare-Krishna-Jünger singend und tanzend, während sie glatzköpfig oder hunnenzopfig ihre Zimbeln und Glöckchen schlagen, übermütig, einbeinhüpfend. Hofnarren vergangener Zeiten hätten in ihrem Gebaren Konkurrenz erblickt.

Sie machen keine Opfer, jedenfalls keine echten, denn die wenigen Typen, die sich einige Straßenzüge entfernt in den ruhigen Gemächern dieser verschnittenen Sekte wieder finden, ruhen sich bei plätschernden Brünnlein, die innen, wie es sich gehört, in schönstem Knabenbabyblau gestrichen sind und einer Extraportion Hirsebrei mit Dosenaprikosen aus.

Wer möchte, nimmt teil an der von Blumen überladenen Rezitationsliturgie, die vor wundersamen Altären stattfindet. Der Modergeruch verwelkter Blumen konkurriert mit dem üppigen Duft der frischen Schönheiten. Wenn alle Brünnlein fließen oder frohlocket steht den Jüngern ins Gesicht geschrieben, ist der Ausdruck ihrer Körper, ihrer ganz und gar verblümten Sexualität. Mehr Muße als hier ward selten gefunden in einer Stadt, die, vieles herausgibt, aber noch mehr herausfordert. Nach dem Schlabbern des nahrhaften Breies folgt dankbares, transkulturell verstehbares Nicken. Ich sagte es bereits, nur sechs Tage in der Woche sind die Wohltäter des Vondelparks und seines Ausschnitts menschlicher Existenzen zur tätlichen Hingabe bereit. Irgendwie wird es schon möglich sein, auch den unterversorgten siebenten Tag aus eigener Kraft zu überleben, vielleicht sogar selber zu gestalten, wer weiß. Im ›Melkweg‹ oder am Waterlooplein, wo der ganzjährige Flohmarkt ist, finden sich immer Gelegenheiten, um irgendjemand irgendwie mit irgendetwas auszuhelfen. Soll ich mir etwa Chancen vorenthalten? Mitnichten.

Sie kennen das doch: wer nicht mit der Zeit geht, geht mit der Zeit.

***

Beim Betreten des Parks halte ich mich im Grunde in einer angstfreieren Existenz auf. Ich bin sehr sicher, dass es meine eigene ist. Das war nicht immer so. Abhängigkeiten können so vielseitig sein. Verstehe das, wer will und kann. Mein jetziger status quo: Ich trage eine Hose -blau, Oberzeugs -diffusgrün, je ein Ersatzteil immerhin –selbe Farben; und außer einer Zahnbürste nichts zu waschen. Aber ich kann mich ganz gut riechen.

Ich trage mal schwerer, mal leichter an der Entlastung von nicht gelernter Verantwortung, bin in gewisser Weise offen bis zum Kennenlernen der reichlich sichtbaren und damit vorhandenen Transsexualität.

***

Gerichtete Perspektivität, messerscharf!
Ich kenne genügend, die sich getraut haben, weil sie es müssen.
Casablanca ist nicht fern; nur wenige Flugstunden von Schiphol.
Dann kommen sie zurück in ihre Stadt, bleiben unter sich, kümmern sich umeinander damit sie nicht verkümmern, wenn sie wieder in das Altstadtviertelchen hinter dem berühmten Krasnapolsky eintauchen.
Ihre Versuche, ein bürgerliches Leben aufzubauen, so nennt man das ja wohl, scheitern regelmäßig; jedenfalls bei vielen, die tiggernd und schlendernd oder an den Ecken lasziv selbst in diesem bunten Stadtbild auffallen. Eine lebt am Damrak, Ecke Onze-Lieve-Vrouwe-Steeg. Die hat es wohl darauf angelegt dort zu wohnen. Sie ist verliebt in sich; steht vor dem Spiegel, kleidet sich an und wieder aus. Wäre ihr Kleiderfundus noch umfangreicher, sie müsste verhungern, weil ihr schlicht die Zeit zum Einkaufen fehlen würde. Was nutzt es ihr, sich verändern zu lassen, wenn sie zu blöd ist, sich Nahrung zu beschaffen. Benimmt sich wie eine Sackgasse der Evolution. Doch sie ist konsequent.
Sie ist eine der wenigen Ausnahmen, soviel ist klar, die auf der ganzen Breite ohne die Szene auskommen will und auch auskommt. Wie würde ich mich, sie als Leser oder Zuhörer sich fühlen, wenn wir unsere Identität nach außen sichtbar und nach innen spürbar änderten? Huch, gestern war ich noch ein Mann bzw. eine Frau - wie apart. Aber bitte sehr, anderenorts werden

solche menschlichen Wesen quasi verehrt, hermaphroditische und transsexuelle Heilige. Viele indianische Völker und überhaupt die Ureinwohner sahen in ihnen Visionäre, behandelten sie wie rohe Eier. Hier dagegen geht es traditionell tolerant und überdurchschnittlich-westmitteleuropäisch-liberal zu. Wie exquisit!

***

Ach, selbst wenn, was geht es mich an. Mich geht etwas anderes an. Mich geht an, ob ich esse, wo ich wohne. Keine großen Temperaturunterschiede, kein beckmesserisches Auswählen von Buschwerk, das zäh nach vorne zu und oben immer gut zugewachsen sein muss. Dabei hinterlässt das widerwärtig zynische Peitschen kleinster Unbeugsamkeiten des Zweigwerks feinste Blutstriemen auf der Haut. Nicht herumstromern zu müssen in Wind, Sonne und Regen, dieses dauernde auf und ab löst Gefühle gleicher Güte aus. Oft ist es zuviel. Ich weiß mich dann nicht mehr zu lassen. Was soll ich sagen, bin ich etwa überempfindlich, kehre mein Innerstes nach außen und habe dieses Sein nicht im Griff, irgendwie!? Einfach ein Zimmer, vier Wände, von mir aus auch drei, doch ich will nicht wählerisch sein.

Obwohl, grobe Höhlengemütlichkeit kann auch demütigen. Bei Unbekannten bezahlte und beschwerliche Zeiten der strikt einseitigen Annäherung zu verbringen, ist nicht die Spitze menschlicher Kultur, muss aber gelegentlich sein.

Weitaus angenehmer ist es da schon an den zahlreichen Grachten. Wunderbar das Leben auf Hausbooten, wenn wasserwiegend und liebend die Welt auf einige kalfaterte Planken schrumpft. Immerzu neigen sich die am Rand stehenden Bäume zum Wasser; wie Fabelwesen, die verzweifelt trinken müssen. Ihre Kronen spenden sommers Schatten, und im Ganzen bilden sie so etwas wie kleine Parkanlagen für die Bootsbewohner der Stadt, welche die größte Pfahlbausiedlung der Welt ist. Aber wer will das schon wissen.

Eng geparkte Autos mit ausländischen Kennzeichen werden stets zuverlässig Opfer von Handbohrmaschinchen oder robusten Schraubenziehern. So ist das Leben an den Grachten, wo die Patrizierhäuser stehen. Ich fühle mich wohlgeraten, dass ich mit diesem Begriff etwas anzufangen weiß, ihn deuten und einordnen kann. Diese Häuser jedenfalls stehen gerade auch in der Prinsen-, der Keizers- und der Heerengracht.

Echte Kaiser und Prinzen werden hier wohl kaum gelebt haben, aber erneut, Nomen est Omen - diese drei Kleinodien bilden so etwas wie den natürlichen Nährboden der alteingesessenen und keinesfalls neureichen Bewohner in dieser Stadt.

Grotesk-sensible Bettelphrasen, die, gepaart mit einem naiven Landlächeln, auf pidgin-germanisch »Have you fifty Cents voor mij?« lauten und bei erfolgreich durchgeführten Beutezügen in lukullisch Fragwürdiges investiert werden. Hey du, stolz, so ganz alleine in nie gekannten Situationen zurecht zu kommen? Ziehst Deine Nasi, Loempia, Fricandel und Bami aus den Automaten. Schielst nach dem Blick, dem Gang, den immerfort nach einem Abschluss suchenden Bewegungen irgendwelcher Hände und Schultern in der großen Bahnhofshalle. Sie ziehen ihre Bahnen; trotz manch erkennbarer Noblesse allesamt verhuschte Typen, schlendern, scheinbar entspannt, an der eventuellen Beute ihrer überreichen Begierden vorbei. Wo bitte wohnt eigentlich die Zufriedenheit? Es könnte ja ... Es könnte ja etwas dabei sein.

Ich lerne zügig, die Situationen einzuschätzen. Erkenne rasch das Ja an der Schrittlänge und den Koordinaten des einmal eingeschlagenen Weges. Dann ist klar: Auto, Wohnung, Hotel, seltener an der frischen Luft. Erkenne das Nein, das kein Nachsetzen duldet, ohne ein zukünftiges ´Hallo, wie geht es dir` zu gefährden. Dann bleiben die Essautomaten nämlich gut gefüllt, der Magen leer. Erste Versuche, auf unnahbare Art und Weise Geld zu verdienen. Die Leute kommen oft genug von weither. Dies ist Amsterdam. Hier geht es. Die ganze Stadt scheint voll von Typen wie diesen zu sein. Der Bahnhof ist in meiner Fußweite, ebenso die Plätze und Eingänge ... So lerne ich die Spezies Amsterdam kennen. Ein ganz besonderes Tier. Stundenhotels wechseln sich mit Autofahrten und längeren Spaziergängen ab. Beim Verlassen der Stundenhotels ist das Licht draußen irgendwie anders, es befreit die Sinne, gibt mentale Energie und der Magen erhält eine Portion Schwarma vom kosheren Imbiss.

Ich bekomme eine Jarmulke in meinen Lieblingsfarben grün-schwarz geschenkt und fühle mich wie Schweijk. Ich sehne mich nach der Musik von Nick Drake und einem Film wie ´Es war einmal in Amerika`, in dem die Szenen scheinbar wie von selber immer länger und intensiver werden. In denen die Zeit nur behutsam hospitiert und man sich nach dem nächsten Frühwinterabend sehnt, wenn draußen der Schnee und das Thermometer fällt. Weiterschauen, bis der eigene Blick auf den Guckkasten die Szenen anzuhalten scheint, damit man sich in Ruhe und mit größerer Sorgfalt als üblich die Figuren, Bauten, die Kleidung und überhaupt die gesamte Staffage einverleiben kann.
Oder mich einfach zu internationalisieren, was sehr wichtig ist in Amsterdam. Die Hoffnung ist groß und irgendwie berechtigt, mit der Häutung der Nationalität auch weitere Häutungen vorzunehmen. Eine international besetzte Wohngemeinschaft in der patrizialen Heerengracht, ich glaube es ja kaum selbst, gibt mir das nötige Rückgrat.
Nie zuvor hatte ich auch nur annähernd die Gleichzeitigkeit von eigener Autonomie und Zuverlässigkeit anderer Menschen kennen gelernt. Und nie war es leichter, nett zu sein. Was für ein Leben! Was bringe ich diesen Menschen, die sich offenkundig an meinem Wesen erfreuen?
Menschen aus Australien, USA, Niederlande, Kanada, Indonesien und Schweden. Eigentlich ein Treppenwitz, aber ich lerne, dass ich viel mit mir selber zu tun habe. Ein Wert an sich – olala! Ich kann ein fünfachtel Zimmer mein eigen nennen und lese irgendwann

dreisprachig, habe Zeit, weil ich nicht muss, was ich glaube dringend tun zu müssen. Nicht irgendetwas irgendwie tun.

So reife ich. Ich bekomme Geld, gehe einkaufen, was Spaß macht, denn ich treffe bekannte Menschen auf der Straße, verliere meinen kindischen Sarkasmus und fühle mich geborgen. Ich mache meine Sache gut, so heißt es, und so fühle ich es.

Es ist das erste Mal, und ich habe anderthalb Jahrzehnte gebraucht dafür. Das Ergebnis ist eine Sicherheit jenseits bloßer Familienfesttage. Kurzum, das erstmalige Abstecken eines Territoriums, das mein Leben ist, das mich wie ein Puma anspringt. Ich kämpfe und werde bleiben.

Das Geburtstagsgeschenk

Die Familie G.: Herr G., Frau, G., Tochter Beate G.; Sohn Wolf G.

Herr G. arbeitet im Amt für Tiefbau und Grünflächen der Kreisstadt Düren. Dort ist er in einer Leitungsfunktion für die Aus- und Weiterbildungsmaßnahmen der Beschäftigten zuständig.
Er ist Vorsitzender im Immobilienausschuss der stadteigenen Liegenschaften. Außerdem ist Herr G. ehrenamtlich stellvertretender Vorsitzender der Arbeitsgruppe, die sich mit der Entwicklung und Liquidierung von Immobilien im Kreis Düren beschäftigt.

In seiner Arbeitszeit ist er deshalb häufig unterwegs. Seine Gattin ist Hausfrau. Es ist der 10.12., und Frau G. hat heute Geburtstag. Die beiden halbwüchsigen Kinder sind Schüler.

Frangensief, 10.12.2005
Eine kleine, konservativ-idyllische Siedlung in der Voreifel. Kaum größer als ein Weiler, eher ein Flecken als ein Dorf, eingebettet in eine beginnende, sanfte Hügellandschaft.
Der Bundesstrasse, die einer Nord-Süd-Achse folgt, wurde vor etwa zwanzig Jahren eine sechs Kilometer weiter südlich liegende Umgehungsstraße in einer West-Ost-Achse vorgeschaltet. Entlang der jetzt beruhigten Bundesstraße stehen einige Häuser aus den fünfziger Jahren.
Man sieht ihnen an, dass ihre Eigentümer aus Geldmangel an jeder Ecke selbst Hand angelegt haben. Ein Mangel an Fantasie ist ebenfalls unverkennbar. Am südlichen Ende von Frangensief gehen zwei Straßen links und rechts ab. Sie sind losgelöst von dem alten Siedlungskern des Dörfchens. Die Straßen liegen einander genau gegenüber, so dass sie mit der Bundesstraße ein perfektes -T- bilden. Die Straßen sind sehr kurz; nach etwa einhundert Meter münden sie in einen Wendehammer.
Je fünf Neubauten stehen auf einer Seite. Es sind ungleichseitige Satteldachkonstruktionen mit karmesinroten Dächern und pastellgelber Außenhaut. Die Dächer sehen aus wie Spiegel, offenbar wurden sie in einem speziellen Verfahren gebrannt.
Nach hiesigen Maßstäben sind es großzügige Häuser, deren Grundmaß 11 x 12,5 Meter beträgt, und die im Marketing der Investorengruppe als so genannte *Landvillen* verkauft wurden. Individuelle Änderungswünsche konnten aus Kostengründen jedoch nicht berücksichtigt werden. Die einzigen sichtbaren Unterschiede sind pergolaähnliche Unterstände, so genannte Carports oder fest umbaute Garagen, die selbstverständlich zur Straße hin angelegt sind. Ansonsten dominiert die symmetrische

Führung der Straßenpflastersteine in trendigem Hammerdesign, die übergangslos in die material- und designgleiche Gehsteigbefestigung übergeht. Auch hier ein Karmesinrot, allerdings in einer matteren Ausgabe.

Wie alle anderen, so besitzt auch Familie G. eine Parzelle mit der Fläche von 380 Quadratmetern, inklusive des umbauten Raumes. Auf der von der Straße abgewandten Seite weist das Gelände ein leichtes Gefälle auf, an dessen Ende ein Wiesenbach sein Wasser führt. Der Bach ist die hintere Begrenzung des Grundstückes. Dahinter ist ein Feldstück, das allerdings nicht mehr bebaut wird. Pionierbrache. Weiter nach Süden zu ist ein Waldstück sichtbar. Zwischen der hinteren Fassade des Hauses wurde ein Stück des Gartens rechtwinklig ausgefliest. Auf dieser Terrasse stehen eine zweisitzige Hollywoodschaukel, eine Liege, ein runder Kunststofftisch mit vier Kunststoffstühlen.

Das Gartenmobilar drückt dem Betrachter die Vermutung ins Gesicht, es handele sich um Wertvolles. Frau G. hat mit ihrem Sohn Rondetten und Carrees gegraben. In dieser Gartenkultur stehen sowohl üppig blühende Amalfinen, die ihren süßen Duft um das ganze Haus verzwirbeln und die schon fast epidemischen Hibiskus- und Oleandergewächse.

Ein schmaler Kräuterstich steht, nur einige Fuß im Rechteck groß, an der hinteren Gartenbegrenzung. In südliche Richtung blickend wohnt Familie G. in der linken Stichstraße, an deren Ende ihr Haus steht.

06.54 Uhr

Herr G. steht auf. Nach einer Nacht, in deren Verlauf er häufig wach wurde, fühlt er sich leicht gereizt und eigentümlich uneins mit sich. Er geht in das Badezimmer, das sich im oberen Stockwerk des EFH befindet. Das Badezimmer trennt die beiden Jugendzimmer von dem elterlichen Schlafzimmer. Er pinkelt stehend und blickt dabei in den seitlichen Spiegel, aus dem ihn ein etwa fünfzig Jahre alter Mann ansieht. Er löst einige Blatt

Toilettenpapier von der Rolle und wischt die beim Pinkeln entstandenen Spritzer im vorderen Bereich des Sitzes wie in Zeitlupe ab. Mit dem unbenutzten Papierrest tupft er seine Vorhaut trocken. Anschließend nimmt er ein altes Handtuch aus der Schmutzwäsche, feuchtet es an und wischt abermals über die Klobrille. Das Handtuch legt er zurück in die Schmutzwäsche. Spielerisch lässt Herr G. seinen Kopf kreisen. Das Gleiche macht er mit seinen Hüften. Herr G. verspürt ein Ziehen im Kopf, wenn auch nur sehr leicht. Er schnäuzt sich.

07.05 Uhr

Herr G. wirft noch einen Blick in den Spiegel. Er blickt jetzt wieder etwas versöhnter. Er zieht sich an und geht die Treppe hinunter. Dort sitzen bereits seine beiden halbwüchsigen Kinder Wolf und Beate. Es sind zweieiige Zwillinge.

Seine Frau rührt in einer Pfanne Eier. Wolf steht auf, geht zu einem großen Wandschrank, öffnet ihn und entnimmt eine Dose Büchsenfleisch. Er geht zur Anrichte, stellt die Dose ab und öffnet die Dose mit dem Büchsenöffner, der auf der Dosenoberseite befestigt ist. Dann gibt er den Inhalt zu den Rühreiern in die Pfanne. Seine Mutter blickt ihn kurz an und lächelt. Er wackelt zur Antwort etwas blöde mit dem Hintern und setzt sich wieder an den Tisch; dann frühstücken sie gemeinsam.

Sie sind bester Dinge. Es schmeckt und sie unterhalten sich über einen Ausflug an die Nordsee. Nächstes Wochenende, St. Peter Ording, mit dem neuen Auto weit auf den Strand.

Sie kichern intrigant, teilen sich mit, wie es wäre, wenn sie ins Watt fahren würden, ganz kurz nur – mit dem tollen Auto.

Die mögliche hohe Strafe blenden sie in diesem Moment aus.

07.36 Uhr

Die Jugendlichen verlassen das Haus, vor dem ein Roller in einer Wandnische steht. Auf dem Motorroller mit kleinem Kennzeichen fahren sie zur Schule. Sie besuchen den gymnasialen Zweig der

Gesamtschule in Düren. Heute ist wieder Projekttag zum Thema *Globalisierung*.

07.57h
Die Jugendlichen erreichen die Schule. Der Junge schließt den Roller ab. Das Mädchen geht langsam voraus in Richtung Haupteingang. Zusammen mit anderen Schülern betreten sie das Gebäude. Der Junge errötet leicht, als er ein ganz bestimmtes Mädchen sieht. Seine Schwester stößt ihn leicht in die rechten Rippen und kichert leise zur Seite .
Über dem Haupteingang steht in Sichtbeton gemeißelt:»Bildung ist der einzige Rohstoff, der sich bei Gebrauch vermehrt.«

08.00 Uhr
Unterrichtsbeginn.

07.48 Uhr
Frau G. deckt den Tisch ab. Das schmutzige Geschirr stellt sie in die Geschirrspülmaschine, die sie anschaltet. Sie geht mit der Hand über den Holztisch und schiebt die Krümel vorsichtig in die andere Hand. Dann öffnet sie, trotz der schon winterlichen Kälte, die Schiebetüre, die zum Garten hin führt.
Sie macht einige Schritte in den Garten. Es ist ein klarer Tag mit angenehmem Sonnenschein. Frau G. atmet tief durch.

07.45 Uhr
Herr G. verlässt das Haus, wendet sich der geräumigen Garage zu. Dort stehen die zwei Wagen der Familie. Nach Süden zu weist die Garage ein elliptisches Fenster auf, groß genug, um ausreichend Tageslicht hereinzulassen. Herr G. öffnet die Garage. Für einen Moment zögert er. Dann zieht er das Garagentor noch oben.
In der Garage stehen mehrere Fahrräder an die Wände gelehnt; von der Decke hängt ein Kajak herab. Der Kleinwagen steht dicht an der linken Wand. Ein hoch bauender Allrad-Van beansprucht

von der Mitte bis zur rechten Wand den meisten Platz. Der Wagen ist kostspielig, aber er ist auch das Traumauto von Herrn G. Das Fahrzeug ist mit allem erdenklichen Zubehör ausgestattet.

Für Fahrten, welche die klassische Kundschaft solcher Fahrzeuge erfahrungsgemäß nie durchführt, etwa durch weite Wüsten, tiefe immergrüne Regenwälder, Dritte-Welt-Städte oder die sonstigen Gefahrenzonen dieser Welt, sind etliche Sicherheitsvorkehrungen getroffen worden.

Eine Zeitschaltsicherheitsverriegelung von innen ist in diesem Segment schon selbstverständlich.

07.47 Uhr

Herr G. steigt in das Fahrzeug. Er will den Schlüssel in das Zündschloss stecken, findet ihn überraschenderweise aber nicht. Er glaubt, dass er in den Fußbereich hinunter gefallen ist. Er richtet seinen Blick nach unten.

Als er den Schlüssel nicht sofort findet, steigt Herr G. nicht aus, sondern beugt zunächst seinen Kopf; er bleibt erfolglos, nimmt aber seinen Oberkörper zu Hilfe. Er fährt den Fahrersitz elektrisch herunter. Dann biegt er sich so weit vor, dass nicht nur der Kopf, sondern auch ein großer Teil seines Rumpfes unter das Lenkrad passt. Sein kompletter Körper befindet sich jetzt deutlich unterhalb der Fensterlinie des Wagens. Herr G. bildet einen präzisen rechten Winkel zur Windschutzscheibe des Fahrzeuges, wobei sein Kopf die perfekte Symmetrie bricht, da er mit der Stirn leicht nach unten weist. Nach wenigen Sekunden verspürt er einen stechenden Schmerz im Halswirbelbereich.

Wie in einer Duldungsstarre, die ein Katzenjunges im Maul seiner Mutter annimmt, sitzt Herr G. in seinem Wagen; nur begleitet von seinem Halbschatten, den das einfallende Sonnenlicht erzeugt.

Das Glas der Windschutzscheibe des großen Fahrzeuges ist ein jetzt einziges Lichtgeäst.

07.54 Uhr
Frau G. hat den Garten verlassen, betritt das Haus und verriegelt die Schiebetür. Sie beschließt zu duschen und geht nach oben.

08.14 Uhr
Frau G. geht in die Küche.
Sie nimmt ihr Haushaltsportmonnaie, drei Leinenbeutel und den Zweitwagenschlüssel. Mit einer Alarmanlage sichert sie das Haus, das sie unmittelbar danach verlässt. Frau G. geht zur Garage.
Sie öffnet das Tor, ärgert sich wie stets über den zu schmalen Türeinstieg, lässt den Motor an und setzt das Fahrzeug aus der Garage.
Den mächtigen Van sieht sie wie aus nur einem Augenwinkel, wie durch halbgeschlossene Lider mit verzwirbelten Wimpern, auf denen sich schwere Eiskristalle eingelagert haben. Ihr Blick trügt, wie durch ein Fernglas, das man bewusst oder fälschlicherweise um einhundertachtzig Grad gedreht hat. In diesem Moment und an dieser Stelle hat sie den Eindruck, dass etwas Neues in ihrem Wahrnehmungsrepertoire vorhanden ist.
Doch ihre akute Wahrnehmung wird von etwas bedrängt. Etwa so, als wollte ihr Gehirn wie ein Rennwagen aus der Kurve heraus beschleunigen, um mit einem vorteilhaften Geschwindigkeitsüberschuss auf die Zielgerade vorzupreschen.
Stattdessen kommt von hinten ein noch schnelleres Fahrzeug und bremst sie eben vor dieser Kurve aus. Um einem möglichen Aufprall zu entgehen, muss auch Frau G. ihren Rennwagen hart abbremsen. Er verliert an Fahrt und durchläuft eine rasche Metamorphose zum Kleinwagen.

08.29 Uhr
Frau G. fährt jetzt nach Düren, um dort einzukaufen. Sie will zunächst in die Innenstadt, denn der Winterschlussverkauf hat in einigen Geschäften bereits jetzt schon begonnen.
Anschließend wird sie zu einem Riesensupermarkt fahren, der in

nördlicher Richtung etwas außerhalb von Düren liegt.
Heute Abend werden einige ihrer Freunde zum Geburtstag kommen. Frau G. ist ausgezeichneter Dinge. Ihre Rückkehr hat sie für den mittleren Nachmittag geplant. Gegen 16.00 Uhr werden ihre Kinder von der Schule kommen. Ihren Mann erwartet sie wie immer um 16.45 Uhr zurück.

15.43 Uhr
Beate und Wolf G. verlassen das Schulgebäude. Sie gehen zu dem Motorroller, fahren los.

16.03 Uhr
Beate und Wolf G. kommen Zuhause an. Beate ist gefahren. Wolf ist bereits in der Auffahrt zur Garage vom Roller gesprungen. Seine Schwester stellt das Gefährt vor dem Garagentor ab.

16.18 Uhr
Frau G. kehrt zurück. Sie kann ihr Fahrzeug nicht sofort in die Garage fahren, weil ihre Tochter -wie so oft- den Roller davor abgestellt hat. Deshalb parkt Frau G. ihr Fahrzeug zunächst knapp hinter dem Roller, lässt ihn dann aber einige Meter die leicht abfallende Auffahrt zurückrollen.

16.20 Uhr
Frau G. betritt das Haus. Sie will ihre Tochter anweisen, den Roller von dem Garagentor zu entfernen.
Beate murmelt eine Erwiderung. Frau G. schickt ihren Sohn und ihre Tochter zum Wagen. Sie sollen die Einkäufe ins Haus holen.
Da sie beschließt, den Kleinwagen später in die Garage zu setzen, bleibt ihr Auto vorläufig in der Auffahrt stehen.
In einem flüchtigen Moment hofft Frau G. sehr, dass ihr Mann den Kleinwagen in die Garage fahren wird. Ihr ist es dort immer zu eng. Manchmal, und nur unter Aufsicht dürfen auch ihre Kinder das Fahrzeug in die Garage fahren.

16.31 Uhr

In der Küche stehen Netze und Taschen mit den Einkäufen aus der Stadt. Die Kinder sind oben in ihren Zimmern. Frau G. zieht ihre Schuhe aus.

Sie füllt Wasser in den Kaffeeautomat, mahlt die Bohnen, gibt das frische Kaffeemehl in einen speziellen Filter und startet den Brühvorgang.

Dann beginnt sie die Einkäufe unsystematisch einzuräumen.

Sie streicht mit gewollt lasziven Hüftschwüngen um den Tisch und bewegt sich seltsam langsam und leichtfüßig.

Eine unerwartet warme Gemütlichkeit gesellt sich zu ihren Gefühlen.

16.50 Uhr

Der Kaffee ist schon seit längerem fertig. Frau G. gießt sich eine große Tasse ein, geht dann zurück an den Küchentisch und spielt mit den Möglichkeiten: schwarz, weiß, süß oder ungesüßt, Bittermakrönchen oder ein Stück Schokolade. Sie vertieft sich für einige Augenblicke in ihr Spiel.

Dann steht sie auf, geht zurück zum Kaffeeautomaten, hält die Tasse an die Seite der Apparatur und führt das Metallröhrchen des kleinen Luftkompressors in eine schlanke Emailletasse, die sie zur Hälfte mit Milch gefüllt hat. Sie geht zum Tisch zurück und gießt einen Teil der Milch in ihren Kaffee. Der Kaffee mit dem Milchschaum ist sehr heiß. Und obwohl sie vorsichtig schlürft, treten ihr –ganz kurz nur- kleine Tränen aus den Augen. Sie stellt die Tasse ab. Aus der ersten Etage erklingt Musik.

17.20 Uhr

Beate verlässt ihr Zimmer, geht ins Bad, zieht ihre Hose und den Slip aus, setzt sich auf die Klobrille, wechselt ein Tampon, wickelt das gebrauchte Tampon in mehrere Lagen Toilettenpapier, wirft das Päckchen in einen kleinen Mülleimer, kleidet sich wieder an, wäscht sich die Hände und geht hinunter in die Küche.

Sie greift mit beiden Armen von hinten um ihre Mutter und drückt sie vorsichtig an ihren eigenen Körper.

Dann setzen sie sich an den Tisch und Beate erzählt ihrer Mutter von ihrem Bruder Wolf, erzählt, dass er offenkundig verliebt ist, in ein Mädchen aus ihrer Klasse. Sie tun gespielt geheimnisvoll, die beiden Frauen. Frau G. blickt nach draußen.

Sie stellt fest, dass es zwischenzeitlich dunkel geworden ist.

17.38 Uhr

Wolf liegt auf seinem Bett und sieht sich Prospekte von Motorrädern an. Dann steht er auf und geht zum Fenster, das in einem 45° Winkel zur Straße geradewegs über das Garagendach weist.

Wolf dreht sich leicht in das Zimmer hinein und greift hinter sich auf einen kleinen Tisch. Auf diesem liegt ein MP3-Abspielgerät.

Mit routinierten Handbewegungen nimmt er das Gerät und stöpselt die kleinen Lautsprecher in die Ohren. Dann klickt er auf eine Funktionstaste, um nach einem bestimmten Lied zu suchen.

17.40 Uhr

Frau G. bittet ihre Tochter erneut, den Roller von dem Garagentor zu entfernen und in die Nische am Haus zu stellen.

Aus einem Gefühl der Unsicherheit will sie, jetzt wo es dunkel ist, den Kleinwagen doch lieber selber in die Garage fahren.

17.41 Uhr

Beate geht nach draußen zum Roller. Mit dem rechten Fuß stößt sie den Ständer unter dem Fahrzeug in seine ursprüngliche Stellung zurück und schiebt den Roller in die Nische. Mit einem stabilen Schloss verbindet sie den Roller und ein Regenrohr, das in den Boden mündet. Dann geht sie neugierig zur Straße hinunter, weil einige Menschen, darunter auch Nachbarn, auf der anderen Straßenseite als kleine Gruppe zusammenstehen. Das ist eher ungewöhnlich – jedenfalls in dieser Straße.

17.44 Uhr

Frau G. ist noch in der Küche. Sie ruft laut den Namen ihres Sohnes. Sie erhält keine Antwort. Dann geht sie ebenfalls nach draußen, den Autoschlüssel hält sie wie immer in der fest geschlossenen rechten Hand. Nur wenige Schritte vor dem Erreichen des Autos betätigt sie die Fernbedienung und entriegelt so die Türen.

17.46 Uhr

Im Haus klingelt ein Telefon. Frau G. bedient erneut, diesmal ungeduldiger, die Fernbedienung ihres Fahrzeugs. Für einen kurzen Moment flammen wieder die Lichter der Warnblinkanlage auf. Frau G. läuft ins Haus, sie läuft zum Telefon und nimmt das Gerät aus seiner Ladeschale.
Am anderen Ende hört sie eine männliche Stimme.
Zunächst glaubt sie, es sei ihr Mann. Doch es ist ein Mitarbeiter ihres Mannes.
Nach einigen Floskeln bittet der Anrufer Frau G. ihrem Mann mitzuteilen, dass er sich für den kommenden Tag auf das neue Projekt vorbereiten solle. Es sei erfolgreich und in vollem Umfang vom Ausschuss angenommen worden. Aber ihr Mann wisse ja bestens Bescheid.

17.51 Uhr

Nachdem Frau G. aufgelegt hat, geht sie erneut nach draußen. Wie gehabt öffnet sie ihr Fahrzeug. Dann geht sie zur Garage und zieht das große Tor auf. Sie sieht den Gelände-Van und erschrickt. Sie hat nicht mitbekommen, dass ihr Mann bereits da ist. Er muss wohl, während sie mit seinem Mitarbeiter telefoniert hat, nach Hause gekommen sein.
Sie lächelt, denn sie denkt daran, dass sie heute Geburtstag hat und dass ihr Mann sie ganz sicher mit etwas überraschen wird. Wahrscheinlich ist er oben bei den Kindern.
Mit diesem Gedanken fährt sie ihr Auto in die Garage.

17.55 Uhr

Frau G. steigt aus und geht um das Fahrzeug herum zum Garagentor. Sie steht auf der Schwelle der Garage, hält kurz inne, kehrt zurück, geht an der rechten Seite des Vans entlang; dort ist mehr Platz. Das Fahrzeug ist verschlossen. Um besser in das Fahrzeug hinein sehen zu können, stellt sie sich auf die Zehenspitzen. Das Licht ist reichlich diffus und erlaubt ihr nicht, ihre Neugierde angemessen zu befriedigen. Sie geht zurück an das Tor, wo sich ein Lichtschalter befindet. Dann geht sie wieder zu dem großen Fahrzeug zurück. Frau G. erfasst sofort die gegenständliche Symmetrie, die ihr Mann und die Komponenten auf der Fahrerseite des Fahrzeuges bilden.

Sie erkennt die starre Haltung, die ihr Mann eingenommen hat. Frau G. spürt, wie sich ihre Haut anspannt, als wäre eine fremde Macht im Spiel.

Sie fühlt, wie Druck auf jedem Quadratzentimeter ihres Körpers aufgebaut wird. Ihr Gesicht verkrampft surreal, ein Nerv beginnt unterhalb des linken Augenlides zu flattern. Ihre Glieder bekommen insgesamt stählerne Züge - so, als trage sie eine Rüstung. Dann kämpft sie ihren Körper zum Tor und quert das kleine Stück zum Haus.

Auf der Haustürschwelle angekommen, stützt sie beide Arme in den Türrahmen.

Jetzt verwandelt sich ihr Körper rasch zu schwerem Teig, ihre Umwelt beginnt zu verschwimmen, löst sich auf ins Namenlose. Frau G. hat ihr Gesichtsfeld vollständig verloren.

Die Objekte rings um sie herum haben keine Kanten mehr.

Vor ihr stehen zwei menschliche Konturen. Es sind ihre beiden Kinder, die stolz auf den gedeckten Tisch zeigen. Ihre Gesichter drücken eine zugespitzte Zuneigung aus.

Es ist jetzt **18.00 Uhr,** als sie zu singen beginnen:
»Zum Geburtstag viel Glück ...«

Die Kündigung oder Gott würfelt nicht

Nein, Gott würde in kein Gotteshaus gehen. Wozu auch! Jedenfalls nicht um zu frömmeln, beten oder was die Menschen samt ihrer dünkelhaften Meinungshoheit sonst noch so alles an einem solchen Ort treiben. Niemals! Vielleicht sind sie ja verrückt geworden, die Menschen. Seit Jahrtausenden betreiben sie Personenkulte, erhöhen Ihresgleichen, die sie, unbehelligt von jeder Vernunft, hochgradig verehren. Und im Rahmen dieser Kulte bringen sie Opfer, zum Beispiel Menschenopfer. Verrückt ... Ist das nicht verrückt!

Da verehren sie einerseits Menschen, andererseits haben sie

nichts Besseres im Sinn als ihre eigene Spezies zu opfern; womöglich noch sich selber. Wenn das keine persönliche Beziehung ist ... Warum eigentlich muss der Mensch immer alles so grauenvoll dramatisieren? Und, fürchtet er sich bei diesen Spreizungen nicht: vor seiner Unglaubwürdigkeit, nicht davor, sich lächerlich zu machen?

Offenbar lautet die Antwort: nein. Ja, Gott weiß das, er weiß es sehr genau.

Er weiß, dass man das nicht macht! Und mit Menschenrechten hat das nichts zu tun. In Afrika, manchmal, wenn es regnet, geht Gott durch die Lande, betrachtet die Menschen, ihre Dörfer und Städte oder auch nur die Landschaften.

Dabei schielt er auch schon mal zu den Anthropologen hinüber, die am Limpopo Feldforschungen betreiben. Und wenn er gerade etwas mehr Zeit hat, schaut er am Ituri vorbei. Dabei sieht Gott neben den Anthropologen, welche die Mbuti-Pygmäen belauern, ebenfalls, wie das Coltan aus dem Boden geholt wird.

Um diesen Rohstoff gibt es mächtig viel Aufregung. Stellen sie sich vor, was die Menschheit ohne Schoßcomputer, ohne Mitnehmfernsprecher anfangen würde. Was, wenn die Kinderzimmer zu wachsbleichen Nullstellen werden, weil keine xy-Schachtel oder Spielbestimmungsort-Konsole vorhanden ist.

Das ist es ja überhaupt. Ohne Coltan brauchen wir keine Kinder! Deutschland ohne Coltan ist ein Deutschland ohne Kinder! Was könnten wir ihnen denn schon groß bieten. Holzspielzeug oder Brettspiele etwa? Beträchtliche Sorgen sind das, ganz beträchtliche Sorgen. Diese Stammeskrieger da im Kongo, die werben ja wie verrückt Kinder an, wegen des Coltans. Auch die kongolesischen Kinder brauchen das Zeugs, dieses »Schwarze Gold«. Sie brauchen es, damit wir es gebrauchen. Wenn WIR es haben, dann geht es IHNEN so richtig gut.

Da, Gott schaut auf. Er hebt die Hand zum ... weiß Gott was. Gott weiß was! Was, wissen wir nicht. Wir wissen nicht, ob Gott neben den Anthropologen, die am Limpopo oder am Ituri schuften, auch die fünfstellige Zahl derjenigen Kinder bekannt ist, die jährlich sterben, weil sie einfach nicht an dieses Coltan herankommen. So ist das: Kein Coltan, kein Glück! Vielleicht ein Mangel an Talent! Das sind viele Kinder, die sterben müssen, oder? Aber vielleicht kann Gott nicht so gut rechnen; vielleicht war Gott nicht so gut in der Schule, wer weiß. Die Kongokinder sind in der Mehrzahl auch nicht so gut in der Schule.

Es gibt noch so viele andere, die mit dem Coltan spielen wollen. Deshalb gehen die Kinder nicht in die Schule. »Obwohl«, sagt Gott unvermittelt, »obwohl es eine Schulpflicht für kongolesische Kinder gibt, rennen die immer mit ihren Waffen wie verrückt hinter anderen her. Manchmal drehen sie auch einfach den Spieß um. Sie müssen dann in dem Spiel weglaufen, ganz weit weg. Dass sie dann immer so traurig sind, nervt ganz schön auf die Dauer.« Dann wispert Gott humorlos:

»Deshalb hat sich so etwas wie ein Klumpen Eis in mir verirrt.« Das sagt Gott. Ist Gott humorlos? Kennt er keine Spiele? Vielleicht weiß er noch nicht einmal, wie ein einfacher Würfel aussieht, was man damit anstellen kann. Gott hat wohl noch nie die Würfel geworfen.

Nein, Gott würfelt nicht. Gott lässt es laufen ... wie man so sagt. Deshalb können Übertretungen gegen religiöse Tabus auch mit einer Überweisung in die Psychiatrie geahndet werden. Diese Tabus sind von der geistigen Klaustrophobie befallen. Aber das darf man nicht zu laut äußern. Man könnte das Spielchen ja verändern, indem man sagt, alle ungeraden Jahrgänge in die Psychiatrie, und alle geraden Jahrgänge zum Coltan schürfen.

Es sind diese vermummt auftretenden Kafkaesken, welche einen soliden Kontrapunkt setzen zu den gehübschten Arabesken dieser Welt. So weiß jeder Bescheid über die Welt. Aber wir nehmen es ja gelassen, nicht wahr!

»Ach Gott!«, sprach Gott zu sich selbst. »Lauter Attentate auf mich, meinen Namen, meine Prinzipien.«

Gott senkte den Kopf, und ein feines Schütteln durchzuckte seine Schultern.

»Überall nur Missbrauch, nichts als Missbrauch; sie missbrauchen die Welt, sich selbst und vor allen Dingen: sieee missbrauchen miiich!!!«

Was soll man da als Außenstehender noch sagen, vielleicht das: Wohl dem, der gute Patentanwälte hat, welche die göttlichen Funken und Gedanken urheberrechtlich schützen.

Dann richtete Gott sich wieder auf und sprach mit lauter Stimme: «Nicht mit mir Leute, nicht mit mir. Ich werde per sofort meinen Weg ohne euch gehen. Seht doch zu, ihr Heilssucher, dass ihr alleine zurecht kommt. Wisst ihr was, und ich sage es euch in aller Deutlichkeit: Ihr seid feige, ihr seid verantwortungslos.

Hohe Stirn – kleines Hirn. Ihr denkt nur von hier bis zum nächsten Höhlenunterschlupf.

Das habt ihr schon immer gemacht, ihr enggeistigen Gnome. Und wenn ihr nicht mehr weiterwisst, dann beginnt ihr zu klammern. Ich habe diese widerliche Klammerei satt! Ich besitze nicht ein einziges Kleidungsstück mehr, nicht ein einziges, das nicht unter eurer erbärmlichen Klammerei gelitten hätte. Ich habe es satt. Ich habe euch so satt.

Macht eure Affentänzchen alleine. Geht doch, geht doch und zerrt ein bisschen an allem herum, klammert euch an das tägliche Überleben.

Warum klammert ihr euch nicht an die Bäume? Vielleicht lassen sie euch ja wieder bei sich wohnen. Darin habt ihr ja schließlich genug Erfahrung. Ich habe gesprochen.

AMEN

Fasanenspaziergang

Ich überlegte nicht lange. Ich musste dringend an die Luft. Meine Schlafsachen warf ich auf das Bett und zog die grüne Cordhose, das Flanellhemd mit den grün-gelben Vichykaros und den schon etwas betagten rostfarbenen Pullover mit Lederbesatz an Ärmeln und Schultern an. Männliche Wohlfühlkleidung. Klingt nach Klischee. Ist es auch. Und ich finde es gut so.

Lang lebe das Klischee; überhaupt alle Klischees. Ach, ich bin nicht ganz richtig im Kopf. Würde ich mich jetzt küssen, käme ich bei keinem amtlich veranlassten Alkoholtest durch.

Wussten Sie, dass Papageienschnäbel die Heimat von überproportional großen Zungen sind? Ich kann nicht fliegen, trage kein buntes Gefieder und bin momentan den klugen Vögeln intellektuell gegenüber möglicherweise sogar im Hintertreffen. Nur mein viril-tumbes Gekrächze und die hieran schuldig gewordene Zunge weisen auf gewisse Gemeinsamkeiten hin.

Zungen können an bestimmten Tagen einen weit dichteren Pelz tragen als die einst so begehrten Seeotter. Meine Zunge ist ein Pelztier, eine fette, träg kriechende Raupe: ist das nicht sonderbar, so vollkommen idiotisch. Warum gibt es hier eigentlich keine Biologen in der Nähe? Ich würde mich ihnen zwecks Untersuchung gegen ein sehr geringes Honorar zur Verfügung stellen und damit auf einen Schlag berühmt werden. Endlich hätte ich einen Durchbruch geschafft. Irgendeinen! Meine innere Träne schiebe ich sachte beiseite.

Das Bonn der schwarzen Adenauerlimousinen hat seine ihm zugewachsene Weltläufigkeit wieder gegen die provinzielle Aneinanderreihung von dörflichen Strukturen eingetauscht. Und die Berliner Politkultur hat sich rasch an sich selber gewöhnt. Fernsehmachthaber haben den Schwenk nachvollzogen. Der ganze Tross – weg. Bei mir konkurriert schmollendes Selbstmitleid mit einer die Seele kräftigenden Melancholie. Die Melancholie siegt deutlich in ungeahnter Trägheit. Schließlich werde ich von dieser Stimmung weggeschwemmt.

Als ich gestern Abend nach Hause kam, ich war schon reichlich betrunken, habe ich da meine Schuhe vor Wut etwa in den Mülleimer geworfen?

Ich verspürte einen derartigen Unmut über meine gegenwärtige Situation und überhaupt über die ganze Welt in mir, dass ich es nicht lassen konnte, mir gleich zwei Flaschen Chateau Lestruelle zusätzlich hinter die Binde zu gießen. Ich weiß wirklich nicht, wie ich jemals wieder aufwachen konnte.

Aber der Wein mein Freund: Aromen von Schokolade, langsam schmelzend, geschätzte sechzig Prozent Kakaoanteile, schwach gesüßt; alter Sattellederschweiß und Gewürze in der Zwischenlage, vielleicht ein Thymian-Salbei Hybrid, der die Tannine am vorderen Gaumen abbildet; sodann mittelschwer klassisches Cassis und Weichselkirsche gepaart mit mineralischen Nuancen, auch hier noch spürbar gerundete Tannine. Das Finish lang anhaltend: süßes, schwer lastendes Pflaumenconfit mit Weinbergpfirsich, der in altem Portwein eingelegt war. Leuchtend im hinteren Rachenbereich. Das komplexe Farbenspiel bewegt sich zwischen sanft verhaltenem Bernstein und sauerstoffreichem Blut. Ich hatte zwei Kartons dieses wahrlich sexy wohlschmeckenden Cru Bourgeois aus dem Haut Medoc von meinem Weinhändler geschenkt bekommen, weil ich seinen Internetauftritt ein wenig *gebügelt* hatte.

Zwar war der Text immer noch reichlich steif-konservativ, doch was soll's. Ich hatte ihm zu einer etwas frischeren Präsentation mit gemäßigten Pop-Up's und fortlaufend zufallsgenerierten Bildern auf der Titelseite geraten, doch er bestand auf überkommene Seriosität. Soll er doch. Es stand mir nicht zu, ihm den richtigen Weg zu weisen. Ich bin keine Beratungskirche.

Außerdem, weshalb sollte ich mich für ihn ins Zeug legen; ich hatte auch so genug um die Ohren.

Ich schaute aus dem Küchenfenster und sah, wie der wolkenvolle Himmel über dem grauen Fluss allmählich ein fast welkes Braun annahm. Gute Aussichten für mich.

Bei diesem Wetter blieben die Leute Zuhause. Ein Blick in den langen Flur schaffte Entspannung, meine Schuhe standen mehr oder weniger an ihrem Platz und warfen mir mit ihren Schnürsenkelaugen hechelnde Gassi-Gehen-Blicke zu. Über den Schuhen hingen diverse Jacken.

Ich warf noch einen schnellen Blick raus; es nieselte, und obwohl mir nach dunklem Grün bis Braun zumute war, entschied ich mich für die taubenblaue Goretex-Jacke. Ich verstehe mich selbst nicht immer wirklich gut.

Die Jacke war ein Geschenk meiner ehemaligen Frau. Sie heißt Milva. Milva liebt das Kühle; nicht in einem klimatischen, wohl aber in einem atmosphärisch-emotionalen Sinne. Milva ist blauäugig, was die Lichter in ihrem Gesicht angeht, aber nicht vom Gemüt her. Sie zeichnet sich durch eine klare Nüchternheit aus.

Nun war sie keineswegs spröde, das nicht. Sie besaß eher so etwas wie charismatischen Charme.

Ich muss sagen, dass diese Beschreibung viel mehr Freundlichkeit preisgibt, als sie inhaltlich halten kann.

Als wir uns vor zwölf Jahren kennen gelernt hatten, trat sie in der Öffentlichkeit in einer Art und Weise auf, die ihre Mitmenschen ein wenig schüchtern, ja bisweilen eigentümlich demütig werden ließ. Die Menschen um sie herum waren, so muss ich es wohl sagen, lediglich emotionale Wohlfahrtsempfänger. Ich merkte, wie mich das Gefühl, in dem dieser Satz in mir gereift war, verließ. Verdammt, das war es: Die Menschen um Milva waren emotionale Wohlfahrtsempfänger.

Eine bemerkenswerte Übereinstimmung zwischen einem Gefühl, das immer nach einem sprachlichen Ausdruck gesucht hatte und einer alten Beobachtungserinnerung. Immer, wenn ich Grips und Gefühl auf eine Linie bringe, habe ich so etwas wie ein Schlüsselerlebnis, bei dem mir nicht die Worte fehlen.

Damals faszinierte mich ihre nüchterne Distanziertheit, dieses Raum einnehmen. Wenn sie lächelte, strahlten ihre Augen schiere Unbesiegbarkeit aus. Keine Frage, sie war ein Alpha-Tier!

Für meinen heutigen Geschmack war Milva etwas zu stark. Egal, jedenfalls musste es damals eine blaue Goretex-Jacke sein. Bei ihrem Kauf hatte sie mir ein gewisses Mitspracherecht eingeräumt, denn sonst müsste ich jetzt, wenn es nur nach ihrem Willen gegangen wäre, in einem strahlenden Himmelblau herumlaufen. Es ist sicher eine Schwäche von mir, wenn ich mich so habe führen lassen; andererseits war es gelegentlich angenehm, und die Auswahl von Textilien mir nicht übermäßig wichtig. Im Übrigen hätte es Streit gegeben. Meine Frau hätte die Principalin in ihr noch stärker herausgekehrt, und mich hätte sie in die Rolle der Kammerjungfer gedrängt.

Menschen können wirklich sehr verschieden sein.

***

Meine Güte, in welcher Welt leben wir eigentlich? Arbeitslose wie Sand am Meer. Nun ja, vielleicht nicht ganz so zahlreich, aber dieses Land erdrückt sich selber, wenn die Verantwortlichen nicht an

einem Strang ziehen. In den letzten Wochen hatte ich sie alle interviewt, wie an der Perlenschnur aufgereiht:
den Wirtschaftsminister, den Arbeitsminister, den Vertreter des Finanzministers. Sogar der Bundeskanzler hatte mir etwas von seiner Zeit abgegeben. Eine einzige große Solidargemeinschaft.
Im Ernst, ich bin privilegiert, dass ich so nahe und relativ unkompliziert an die ´Abteilungsleiter` dieses Landes ran komme.
Klar, ich verfolge auch eigene wirtschaftliche Interessen mit meiner Arbeit. Aber ich lebe nicht in irgendeiner Blase; ich will nicht unwissend oder desinteressiert daran beteiligt sein, wenn diese Blase demnächst platzt.
Das ist es nämlich, was ich vermute. Ich bin altmodisch und identifiziere mich mit meiner Arbeit. Milva hatte das nie interessiert. Sie machte ihre Arbeit und wusste, was ich trieb - beruflich. Ich war zu nahe dran an den Quellen der Information, zu nahe an den Entscheidern, jedenfalls den vermeintlichen. Ich konnte schlecht darüber hinweg sehen. Konnte ich? Ich finde nein. Lassen sie es mich so formulieren, wenn ich arbeite, ich meine, ich lebe schließlich in dieser Zeit, in dieser Gegenwart, also werden sie verstehen was ich meine – hoffe ich. Mein Selbstverständnis, mein Blick auf die Welt ist eigentlich unmissverständlich.
In meinen Beiträgen für Bildschirmmedien entwerfe ich das heterogene Bild einer modernen Welt von Einkaufsmärkten, Hotels oder Flughäfen und zugleich versuche ich in diese kühle, austauschbare Ein-Körper-Welt Fragmente und Spuren lebendiger, erzählerischer wie erzählender Geschichte einzuschreiben. Dabei bewege ich mich im Grenzgebiet zwischen narrativem, dokumentarischem und experimentellem Schaffen. Ich bin überzeugt, dass meine Beiträge beim Endverbraucher wuchtig, aber ehrlich und somit gut ankommen. Aber die teuer bezahlten leitenden Angestellten der Sendeanstalten betrachten mich schon länger als Waldvogel, kurz Kauz genannt. Zu anspruchsvoll seien meine Beiträge, Spartenfernsehen – ja gibt's denn so was.
Neulich hatte ich eine Dokumentation zum schwierigen Thema

´Repatriierung von Kulturgütern und menschlichen Gebeinen aus deutschen Völkerkundemuseen` gemacht.

Produktion ja - Sendung nein! Siebzehn verdammt lange Wochen Recherche, ewige Autofahrten durchs deutschsprachige Europa, manchmal habe ich auch den Flieger genommen, vorherige Terminvereinbarungen, Gespräche. Anderes Beispiel: Gestern sollte der Beitrag gesendet werden.:«Meere im Innern der Erde». »Wir müssen den Betrag aus aktuellem Anlass nach hinten verschieben«, hieß es aus der Redaktion. Sie haben es ohne zu senden wirklich bezahlt; ohne tatsächlich jemals die Absicht zu haben, es den Zuschauern zu zeigen.Bad news are good news. Das, was ich zu bieten hatte, waren doch nun wirklich bad news! Oh Gott, wenn die wüssten ...

<<Treatment zu ´Meere im Innern der Erde?`>>

1. Szene / jeweils Überblendung:
Bryce Canyon, Atacamawüste, Jordangraben
Wasser aus Steinen zu holen, ist eine Vorstellung, die etwas Märchenhaftes an sich hat: vom Zauberstab berührt, öffnet sich der Fels und gibt das kühle Nass frei. Ganz so wundersam sieht die Welt in den Augen von Geologen nicht aus; dennoch liefern ihre jüngsten Entdeckungen Grund genug zur Verwunderung. Scheinbar "trockene" Gesteine könnten demnach große Wasservorräte bergen, und zwar am meisten dort, wo Fachleute bis vor kurzem am wenigsten vermuteten: in den Tiefen des Erdmantels. Am Institut für Geologie und Mineralogie untersucht Prof. Dr. Esther Schmädicke die Wasserspeicherkapazität von Mineralien, die lange als extrem wasserarm galten.

2. Szene:
Am Rande von Tychy:
waldreiches Naherholungsgebiet mit Seen
In Tychy, ehemals Tichau, einem Städtchen in der Nähe von

Krakau und Auschwitz, gibt es eine besonders viel versprechende geologische Formation, die dort Tschakram genannt wird. Nicht nur die einheimische Bevölkerung zieht es zu diesem Kraftort, dieser Energiequelle, so muss man ja wohl sagen. Die Menschen kommen aus der ganzen Welt in diese Gegend, wo statistisch gesehen die meisten Wunderheiler oder modern und marktgerecht gesagt, so genannte Bioenergie-Therapeuten leben.

3. Szene:
Tadeuz Ceglinski, bekanntester Heiler in Polen
Dafür verantwortlich soll ein Wasserstrom sein, der, ohne dass er an die Oberfläche austritt, sich wie ein Mantel zwischen Erdreich und der ersten Gesteinsschicht legt. Woher das Wasser kommt, weiß niemand zu sagen. Aber die hier vorkommenden Gesteinsarten ähneln jenen, welche die Forscher im Erdmantel vermuten.

4. Szene / jeweils Überblendung
Menschenmassen im Darfur
Luftaufnahmen vom oberen Nil
Zitrusplantagen im Nordosten von Los Angeles
Der mittlere Lauf des Ebro
Und – diese Gesteinsarten kommen just in den konfliktträchtigsten Gegenden der Welt vor, in denen es spätestens in zwei Jahrzehnten um die überlebenswichtige Versorgung der Bevölkerung in den jeweiligen Staaten geht.

Unten ging eine Türe auf … Die Concierge lief mir über den Absatz. Rein zufällig, wie? Sicher hat sie mich lieb. Fragt oft nach Vorräten, die ich nach ihrer Meinung nicht habe, sie mir diese aber gerne besorgen könne. Ich schaute sie mit einem gebrochenen Lächeln an und will ihr etwas Nettes wie »Ach, wenn ich Sie nicht hätte.« oder ähnliches sagen. Ich tue es nicht. Junggesellen haben etwas Magisches. Ständig treffen sie auf meist ältere Frauen, die ihnen etwas Gutes tun wollen.

Langsam komme ich meinem Ziel näher. Der Nieselregen, sehe ich, hat sich in einen mittelstarken Landregen verwandelt. Noch besser für mich, weil noch weniger Leute auf die Straße gehen. Für einen Moment stehe ich unentschlossen an der Haustürschwelle und blicke raus und nicht raus. Egal, ich mache den ersten Schritt. In der letzten Zeit hatte ich verschiedentlich Bekanntschaften mit Frauen gemacht, aber ... Ich glaube, ich habe mich ziemlich verändert.

Solange küssen wie es dauert, bis ein Fasan vorbei spaziert ist. Was das wohl bedeutet? Ich gehe langsam voran, so langsam wie ich kann, und so langsam, dass ich in den Augen der wenigen Passanten nicht wie ein Verrückter aussehe. Durch den Regen rieche ich den Fluss. Es tut gut, sich seinem fließenden Zeitmaß zu überlassen. Ich werde meinen Beitrag anderswo verkaufen, aber vielleicht wandere ich auch aus. Ich liebe diese Gedanken, gehe ihnen nach, während ich es meinen Füßen überlasse, was mit mir geschieht. Fasane schreiten bedacht aus. Gut, es ist ihre natürliche Bestimmung. Trotzdem, Fasane schreiten mit Bedacht aus, und wenn sie aus dem Blickfeld verschwinden ... ich bin irritiert: wie viel Zeit ist denn dann vergangen, oder was ist mit diesem Aperçu gemeint: Solange küssen wie es dauert, bis ein Fasan vorbei spaziert ist.

Ist das blöd oder intelligent? Ich traue mir kein Urteil zu. Vielleicht erfahre ich es ja meinem nächsten Kuss. Ich sollte mich schon jetzt einmal nach einem geeigneten Menschen umschauen. Und dann, wenn wir auf's Land hinaus fahren, wo es bekanntlich Fasane gibt, oder vielleicht im Zoo ... dann küssen wir uns, gucken uns an ...

Ich trete einigermaßen entschlossen an die Reling des Flanierweges und sehe mit idiotischem Lächeln auf's Wasser. Ein Segler streicht vorüber. Sollte mich doch meine Concierge lieben. Albern, mich rührt keine Verantwortung.

Ich freue mich auf einen geruhsamen Abend. Allein!

Gulpilil oder das Leben von Dr. Mensch

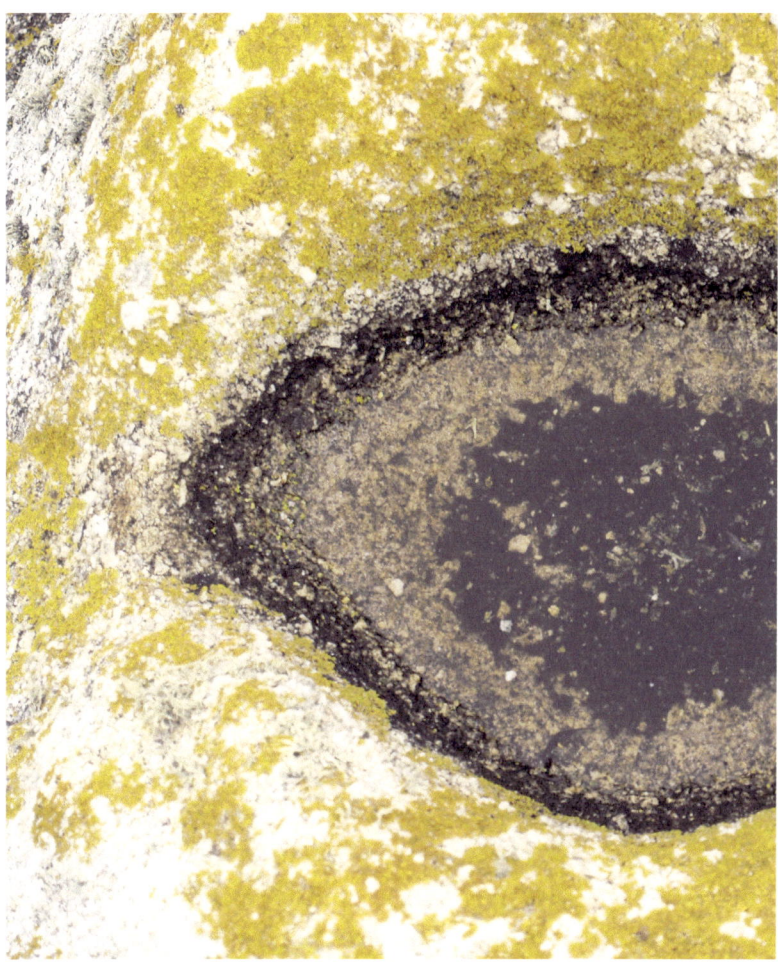

Der Fels ist gratig, mit starkem Relief; an seiner Oberfläche weist er Schwankungen auf, die – jedenfalls intuitiv - auch dem Laien und dem oberflächlichen Betrachter ein Alter signalisieren, das nicht wirklich erfassbar ist.

In Jahrzehnten der Forschung gewonnene Zahlen sprechen nüchtern, bisweilen auch schüchtern, von 3,4 Milliarden Jahren.

Aus dem Fels wachsen Darmzotten ähnliche Auswüchse.

Sein Gesäß ist eins mit dem Fels, der ihm Sitzfläche, Leinwand, Papier und Textil in einem, also ein Medium ist. Er sitzt in einer Felstasche: vor ihm die stumpf aufeinander zulaufenden Felsflächen, unten die Basis, oberhalb der kühn und frei stehende Felsdeckel, der ebenso gut eine sich brechende Woge sein könnte, die ihr Wellendasein nicht abwarten konnte und zur Strafe für diese Ungeduld zu Stein wurde.

Aus der Perspektive der Felstasche fällt das Land vehement nach unten ab. Ein Bruch, der in dieser Weite wie ins Uferlose zu führen scheint. Doch es ist der Mangel an Perspektiven, an der Überkommenheit des Sehens, an Wahrnehmungsmustern. Es sind die eigenen Grenzen, die zu Ufern werden. Denn hinter dem jedem Ufer beginnt stets neues Ufer.

Von hier nach dort, zurück, im Kreis, und dennoch immer weiter, aber nur dann, immer nur dann, wenn man die richtigen Koordinaten hat.

Schöpferische Traumwesen, die ihre Gesangslinien über das Land trugen, Markierungen setzten – und die jenen die Koordinaten brachten, deren zwei Beine sonst nur zum herumirrenden Stolpern taugten.

In seinem Rücken ist das weite, das sehr weite Land. Kein Blick vermag an dieser Weite zu zerbrechen. Und nichts stoppt die Sehnsucht der Augengeister, die doch nur ihre Energie weit und noch weiter verschwenderisch gebrauchen wollen.

Der Mann sitzt wie verschmolzen mit seiner direkten Umgebung. Das fahlschwarze Haar, wie von dunklem Silber, in krauser Wildheit um den Kopf; ein Stück Stoff zähmt es zur Stirn hin. Seine Nacktheit wird nur von einigen Farbpunkten und Strichen und einem weiteren Stoffstück unterbrochen, welches er um den Oberkörper herum trägt.

Kein Boulevard zerbrochener Träume führt zu ihm hin. Wer solcherart unkundig den Boulevard verlässt, ist hier verloren. Die Tradition innerer Stärke hat ihm den Weg dorthin gewiesen, lässt ihn dort sitzen, ausharren, in zirkulärer Atmung geduldig Strich um Strich ziehen. In Tausenden von Jahren war es nie anders.

Er nutzt die kleinen Buckel, die Vorsprünge, er sieht mit sicherem Blick die Spalten und fühlt die kleinen Mulden, die sich wie die Einstülpung der Anemonen im Felsdeckel verborgen halten. Selbst die allerkleinsten Rillen und Riefen fühlt er mit seinen Fingerspitzen.

Sie alle sind Teil des lebendigen dynamischen Reliefs, das er in seine Zeichnungen mit einbezieht.

Hier oben misst er keine Zeit, schon gar nicht in Stunden oder Minuten gar. Es ist Gulpilil. Es ist die Zeit vor den verlorenen Generationen. Und wie überall im ganzen Land werden seine und die Enkel aller Stämme in Missionen aufwachsen.

Und nur äußerlich werden sie groß!

Lasst mich in Ruhe

Gestatten: Ich habe nichts Eigenes!

Keine Seele, kein Gewissen, dafür kann ich prima passiv sein. Ich tue etwas, und zwar, indem ich alles vermeide, was nach Tätigkeit aussieht. Sie meinen, dies sei paradox? Ach, aber nicht die Spur.

Ich möchte sie ja nicht verwirren, ja wirklich, aber es gibt für mich keinen authentischen, nein besser noch, keinen realen Ort in dieser Welt. Dennoch, und bitte glauben sie mir, bin ich nicht das, was sie momentan in mir erblicken.

Psst … Ich will ihnen etwas sagen, bitte sie aber herzlich um ihre Diskretion: Ich bin mit mir selbst übereingekommen, dass ich mich hinlege – und Schluss.

Jeden Tag treffe ich Abkommen dieser Art mit mir. Dabei werden die Worte, mit denen ich mich mit mildem Zynismus an mich wende, durch meinen orbitofrontalen Cortex geflößt. In einem neulich geführten Gespräch – ich nenne so etwas ´ritualisierter Austausch von Memen`- mit dem Hirnforscher Ludger Grün. wurde mir deutlich, wie gewissenlos ich im Grunde bin.

Also, das muss ich ihnen jetzt erzählen: Das Gewissen, so die Koryphäe Grün, sitze just über der linken Augenbraue, ergo dort, wo sich unter Menschen vereinbarungsgemäß und üblicherweise Regungen messbar konstatieren lassen, die homo sapiens sapiens mit Gewissen & Moral assoziiere.

Bei mir – beeilte sich Grün zu sagen - sei dies und alles andere anders und zwar vollständig. Man komme so wenig an mich heran. Letzte Untersuchungen hätten klar gezeigt, dass die Grundfunktionen und damit auch die Hoffnung auf...

»Ich bin des sa/pi/ens überdrüssig. Es ist alles aufgebraucht«, bellte ich Grün entgegen. »Vorbei! Mir ist es zuviel, die ständig sozial-larmoyante Klammer des Bedauerns um meinen Verhaltenshals zu spüren«, fuhr ich fort. »Ja, und merken sie denn nicht, wie überaus leer ich bin, wie eine Weinflasche, deren Neige aber nicht zum Vorschein kommen wird; weil ich nicht feststellen will, dass mir sogar der Bodensatz fehlt; weil ich nicht feststellen will, was es heißt, jemand zu sein, der vorgibt zu sein und zu wissen, dass er nichts weiß, nichts sieht, nichts fühlt.«

Pah, Etwas in mir fühlte Etwas, dass Etwas fühlte. Es waren große Schwingen eines großen und irgendwie dunklen Vogels, die mich streiften. Die Schwingen erfassten die unmittelbare Sphäre über meiner Haut. Der Luftzug schien meinen Körper aufzunehmen und sanft zu bewegen, geradeso, als wären wir schon immer Eins gewesen. Ein perfekt kollaborierendes System auf seinem Höhepunkt, gleichsam vor seinem Exodus.

Zentimeter um Zentimeter strichen die perfekt geschmeidigen Innenseiten der Flügel über mich hinweg, mich, der dabei fröstelnd und gleichzeitig sehnend in Anderland festgehalten wurde. Dieser Luftzug erzeugte ein urtümliches Gefühl tiefer, endzeitlicher Hingabe an meinen Zustand, den ich ohnehin nur mit geschlossenen Lidern ertragen konnte.

Der vernünftige, naturwissenschaftlich trefflich geschulte Herr Grün war wirklich betroffen und murmelte etwas von »Jaaa ... der Scan zeigt äußerst kritische - parametrisch - dysfunktionelle - und schließlich dyssoziative ... kurzum: sie sind ein nicht-individuelles Exzentrum ... ein Stammhirngrobmotoriker ... aber, du meine Güte - dennoch interessant, ja wirklich ...«

Die Tür öffnete sich und Licht flammte gleißend auf. Durch meine hundertfach verzwirbelten Wimpern sah ich weiße Schattenwesen schemenhaft näher kommen. Sie drangen durch meine Augenhöhlen in mich ein. Da war etwas hinter meinen Augen, etwas, das fehlte. Ich spürte es genau, nein, nicht spüren – wissen. Nein, nicht wissen – ach. Da war nichts mehr; da war gar nichts mehr. Dennoch wollte ich DAS (Körper) um mich herum zu einem anderen Teil DES (Körper) um mich herum bringen. Bloß jetzt nicht widerstandslos werden.

Doch auch jetzt fehlte etwas. Es fühlte sich an wie ein Abfluss.

Ich fühlte mich an wie Abfluss – hinter den Augen. Und mein um Mich herum, da war ... da war Unbeweglichkeit.

Ich bin da – und bin es nicht. Ein Außerirdischer ohne Verbindung zu seinem Heimatstern. Ich schwebe im Raum, sphärisch gänzlich irreal, entferne mich von meinem Körper.

Außenwelt – wo bist du ...?

Als mir ein Licht aufging, irgendwann, vielleicht auch Jahre später oder am Ende aller Zeiten, meiner Zeiten, hatte ich längst ein neues Zuhause.

Das Licht, von weit oben, vom schneeweißen Deckengipfel, fällt stetig auf mich herab. Ein unveränderliches Glosen nur und manchesmal wünsche ich mir, dass ich meine Reizbarkeit zurückerlange. Reizbarkeit!

Aber der Aufschlag war wohl zu heftig gewesen. Die Physik lässt sich nicht narren.

Ich habe nichts Eigenes. Ich kann mich noch nicht einmal ergeben: Lasst mich in Ruhe!

"O Faulheit, erbarme Du Dich des unendlichen Elends!
O Muße, Mutter der Künste und der edlen Tugenden,
sei Du der Balsam für die Schmerzen der Menschheit!"
(Paul Lafargue, in "Recht auf Faulheit", 1883)

Wer faul sein will, muss schlau sein.

Lob der Langeweile:
Eine virtuelle Reise ins Reich der Muße

Das Liegen im Taghellen wurde -früher zumindest- von der Familie als laszive Verschwendung von Zeit empfunden. Dabei war die Stimmung im Zimmer herrlich gedämpft, weich, sinnlich und sommers angenehm kühl der großen Außenwärme trotzend. Auf dem Boden hingestreckt oder auf dem gemachten Bett liegend konnte man einzelne Staubindividuen bei ihrem immer gleichen Tanz beobachten. Durch halb geschlossene Lider sich dem Flirren der Sonnenstrahlen hingeben, die durch die kleinen Webfehler obstbunter Vorhänge eindrangen und köstliche Tagträume evozierten. Das CARPE DIEM aus einer anderen Zeit.

Heute wollen wir in die Zeit, die uns zur Verfügung steht, immer mehr hineinpacken. Langeweile wird dagegen als destruktiv empfunden, als quälende Spannung. Die Muße steht, oft auch nur als Füllmittel zwischen Arbeitsabschnitten, hierarchisch etwas höher. Faulsein, schon das Wort -ein Sakrileg an sich. Der Horror vacui: Die Furcht vor der Leere, vor der unerfüllten Erwartung.
Bloß nie ohne Aufgabe sein. O Graus, tödliche Langeweile, Erlebnisarmut, Beziehungseinerlei. Selbst die Götter langweilten sich und schufen deshalb den Menschen. Als Adam sich langweilte, wurde Eva geschaffen usw. usw. Geht es Ihnen manchmal ebenso oder jedenfalls so ähnlich? Joschka Fischer jedenfalls kennt diese Furcht, zu der er sich in einem Interview mit der ´taz` mit den Worten bekannte: "Ich hasse nichts mehr als die Langeweile."
Wie viele Einwände könnte man gegen diese weit verbreiteten und zutiefst als negativ empfundenen Gefühle gegenüber einem der wichtigsten Leistungsträger im menschlichen Leben erheben! Sich etwa Zeit nehmen für die *lange Weile* und keinerlei Interesse an sonstigen Dingen zu haben. Wer Langeweile so empfindet, dem kommen seine vitalen Interessen freiwillig entgegen. Kinder wissen das intuitiv. Offenbar wissen sie, dass sie so den Zugang zu mehr Lebendigkeit finden, wenn sie nicht der Tabufalle <Müßiggang ist aller Laster Anfang> auf den Leim gehen. Aber sie sind müßig, langweilen sich und kommen dann plötzlich darauf, was sie gern tun wollen.
Der italienische Psychiater Paolo Crepet hatte im Herbst 1998 mit einem Pilotprojekt an zwei Genueser Schulen die Voraussetzungen für einen möglichen Einstellungswandel geschaffen. Weltweit einzigartig wird an diesen Schulen nämlich

einmal wöchentlich für zwei Stunden das Fach <Ozio>, also Müßiggang unterrichtet. In der Tat sollte der Umgang mit der Zeit neu gelernt werden und die Begrenztheit eigener aktivistischer Möglichkeiten einschließen.

Die Zeit! An dem großen und alltäglichen Geheimnis hat jeder Mensch teil, aber die wenigsten denken darüber nach. Schlimmer noch: Die meisten Menschen nehmen es einfach hin und wundern sich kein bisschen darüber. Dass die Zeit aber immer schon das Grundnährmittel auch von Langeweile, von Muße oder Faulheit war, ist nicht alleinige Erkenntnis der gelehrten Philosophie.

Das Thema Muße und Langeweile wurde unlängst von der Tourismusbranche entdeckt. Das junge Unternehmen ´Reise mit Weile` etwa hat einen Nischenplatz auf dem heiß umkämpften Reisemarkt gefunden. Obwohl ehemalige Tugendbegriffe wie Muße, Gelassenheit oder die gepflegte Langeweile wenig zeitgemäß sind, lautet das unternehmerische Konzept: weg vom Schleusentourismus. Stattdessen wird Folgendes angeboten: Tagedieberei, Pflichtvergessenheit, Rückbesinnung auf die eigene Innenwelt, sowie <dolce far niente> als Höhepunkt, sozusagen als Kürprogramm.

Das Versprechen der Geschäftsführung lautet: ´Eine Reise mit uns ist eine Reise zu sich selbst`. Also, auf zum neuen Leben. Dass bei diesen Produkten das Angebot nicht ganz billig ist, versteht sich. Anlässlich einer Reise aus der Kategorie <dolce far niente>, die neu und hochpreisig ins Angebot aufgenommen werden soll, testet eine kleine Gruppe in einer Art ´Blindverkostung` das Beta-Produkt als eintägige Kurzreise. Das Produkt habe, so teilt die Geschäftsleitung mit, einen gewissen Erkundungscharakter und solle später unter der etwas eigenwilligen Bezeichnung ´Der Rhythmus der Erde ist langsam` in den Katalog aufgenommen werden. Die Reisegruppe ist klein, ihre Mitglieder mentalistisch grundverschieden. Diese Verschiedenheit sowie auffällige

´Brüche` im Lebenslauf waren die wichtigsten Kriterien für die Aufnahme in die Gruppe, die ohne eine Lagebesprechung und Informationen über die Reise auskommen muss.

Das Ziel dieser eintägigen Reise ist das Nadolny-Territorium. Es wird seit Menschengedenken von dem Tiez-Volk bewohnt, dem eine besondere Beziehung zu der Zeit nachgesagt wird. Wie jedes Ureinwohnervolk besteht es aus mehreren Stämmen, welche im Falle der Tiez in der etwas irritierenden Übersetzung Faulpelze, Langweiler und süße Träumer heißen. Andere Völker, andere Sitten.

Das Zeitempfinden ist ohnehin kulturell bedingt, weshalb Menschen in anderen Kulturen das Phänomen Zeit unterschiedlich auffassen und gewichten.

Jede Kultur hat so ihre eigenen zeitlichen Fingerabdrücke. Ein Volk kennen, heißt die Zeitwerte kennen, mit denen es lebt. Noch während der Anreise teilt die Reiseleiterin der Gruppe mit, dass sie einem der wichtigsten Persönlichkeiten des eingeborenen Tiez-Volkes begegnen wird. Der Hinweis wird mit größter Begeisterung aufgenommen. Die Erwartungen sind entsprechend groß. Die Tiez sind bekannt für ihre Faulheit, gegen welche die Polynesier, dem weltfahrenden James Cook Inbegriff von höchster Ziellosigkeit, ausgesprochene Sklaven der Stechuhr waren.

Wie überall auf der Welt geben auch diese Reisenden nach der Ankunft zunächst ihr Gepäck in der Unterkunft ab. Deren Lage ist nun wahrlich außergewöhnlich.

Kaum zwanzig Schritte vom Strand entfernt öffnet sich landeinwärts eine enge, von dichtem Bewuchs eingerahmte Schlucht, die nach weiteren fünfzig Schritten in einem natürlichen Oval endet. Zwei Ebenen bilden diesen Landschaftsraum ab. Der kleine Trupp erreicht die untere Ebene über eine sattgrüne Treppe, über deren Stufen dichtes Gras zu fließen scheint und erblickt dann eine bauliche Synthese aus menschlicher Architektur und natürlichen

Erosionskräften, die eine weit gefasste Öffnung in den stark zer-
klüfteten Hang erzwungen haben. Zu sehen ist eine Architektur,
deren meerseitige Vorderansicht als exquisiter maurischer
Hufeisenbogen errichtet wurde.

Nach innen zu erstreckt sich ein tiefer Saal mit einem basilisken,
pastellfarbenen Gewölbe. Zahlreiche Öffnungen nach oben gießen perlmutternes Licht in den Raum. Aus dem Innengemäuer
werden Rinnsale aus großer Höhe über sich weit spreizende
Cibotium-Farne geleitet. Vereinzelt sind Kolibris zu sehen, die vom
Nektar prallroter Ingwerblüten schlemmen. Auf der duftenden
Holzscheibe einer Rotzeder ist zu lesen, dass ´HAIDA`, eine erst
kürzlich gegründete Nichtregierungsorganisation, die Leitung
dieser besonderen Unterkunft wahrnimmt.

Nach dem ersten Sattsehen beantworten die Mitglieder der
Testgruppe allgemeine Fragen der Reiseleitung, die sie anschlie-
ßend wieder geschlossen nach draußen bittet. Durch die kleine
Schlucht schlendern sie zum Strand. Dort hat die Reizebbe einge-
setzt. Am Meeressaum schwappt das Wasser träge gegen den
Sand. Weit hinten, soeben noch gegen die vom Dunst geformte
Luft sichtbar, zeichnen sich Umrisse von Häusern ab.

Die mittägliche Luft ist von einem tiefen und lang anhaltenden
hhhmmm erfüllt. Die ungewohnt intensive Stimmung ängstigt
die uninformierten Testreisenden ein wenig. Sie befinden sich,
wie so manch einer heutzutage, in einem akuten Sog abgeriegel-
ter Wahrnehmungen.

Auch die Reiseleiterin kann in diesem Niemandsland nicht helfen.
Sie hat sich ohne Ankündigung zur Auswertung ihrer ersten
Aufzeichnungen zurückgezogen. Diese Auswertungen werden
später die Grundlage eines Empfehlungsberichtes sein, der mit
darüber entscheidet, ob die Geschäftsführung diese Reise in das
Programm aufnehmen wird.

Zum Abend hin ist die Leiterin wieder vor Ort und nimmt sich der
Fragen der Probanden an. Es gibt jedoch keine nennenswerten
Probleme und die Stimmung in der Gruppe ist jetzt im absolut

optimalen Bereich. Somit besteht die Gelegenheit, zum letzten Tagespunkt zu kommen: ein gemeinsamer Spaziergang zu einem der Häuser. Von irgendwoher ist der Klang dumpfer Trommeln zu hören. Vor dem Betreten des Hauses bittet die Betreuerin zunächst um besonderen Respekt vor der Person, die in diesem Hause lebt, und sie klärt die Gruppe über einen weiteren wichtigen Aspekt dieser Reise auf. Den nämlich, dass Muße und dass ´dolce far niente` sich nicht von alleine einstelle. Vielmehr sei dies das Ergebnis eines entschlossenen Verzichts.

Ein typisches Merkmal für die Architektur der weltweit etwa 350 Millionen Ureinwohner, die in nicht mobilen Unterkünften leben, sind Einraumhäuser. Das Haus des Mannes, den die Gruppe besucht, macht da keine Ausnahme. Es handelt sich um den Häuptling der Faulpelze. Er heißt Reel-Tiez; halb Oblomov, halb Lenz aus Büchners Woyzeck, der sich aus lauter Langeweile noch nicht einmal selbst töten wollte. Der Oberfaulpelz ruht ungeniert auf einer landestypischen Liege und scheint nicht gerade auf uns gewartet zu haben. Er hat langes dunkles Haar, das er offen trägt. Bekleidet ist er mit einem Schurz. Darüber trägt er einen kostbaren Federmantel, der *kahu* genannt wird. Unter schweren Lidern blinzelt er seine Besucher an.

Nach einer Zeit des Dies und Das will schließlich ein Reisender wissen, ob er als Häuptling denn nichts anderes tue als faulenzen. Vergeblich versucht Reel-Tiez zu antworten, aber seine Faulheit nötigt ihn zu einem wohligen Schweigen. Nein, es wird deutlich: dies ist kein Lenz, kein Oblomov. Dies ist, wenn überhaupt, Nietzsches Magyar, die Gestalt der Faulheit, von der er wenig vornehm behauptet:" Der Magyar ist viel zu faul, um sich zu langweilen. (...) Die feinsten und thätigsten Thiere erst sind der Langeweile fähig."

Gähnend bleibt Reel-Tiez liegen und grübelt wie es scheint über seine Faulheit, aber er ist zu faul, um sein Grübeln zu Ende zu führen. Die Antwort bleibt aus. Aber auch so ist den Probanden klar geworden, dass ein Häuptling der Faulpelze kulturtypische Verhaltensweisen vorbildlich zu leben hat. Vor seinen zufallenden Augen verschwindet der Raum in dichtem Traumnebel, und die Gruppe erkennt die Sehnsucht nach tiefem Schlaf auf seinem Gesicht. Die Reiseleiterin bittet die Testgruppe freundlich aber bestimmt nach draußen. Dort befragt sie wiederum die Gruppe nach ihren akuten Eindrücken; dann hängt jeder seinen persönlichen Gedanken nach.

Der eine glaubte immer schon, dass die Muße eine Geisteshaltung sei. Jeden Tag, so empfehlen ihm diverse Ratgeber, von denen der Häuptling der Faulpelze nichts weiß, solle man sich mindestens zwanzig Minuten Zeit nehmen, nichts zu tun. Reel-Tiez würde sich darüber, so er nicht zu faul wäre, vor Lachen ausschütteln. Wie schon Paulo Coelho würde er sich möglicherweise fragen, ob die Fremden, die ihn besuchten, überhaupt einen Ausweg aus der Schnelllebigkeit finden können.

Wie wollen wir leben, fragt sich ein anderer. Beschleunigte Zeit verkleinere doch die Erfahrungsräume. Die Gegenwart entziehe sich damit immer mehr der Erfahrbarkeit. Was bleibe, sei die Erkenntnis, dass die beschleunigte Zeit der Gegenwart die Möglichkeit nehme, sich als Gegenwart zu erfahren.

So betrachtet ist es verständlich, weshalb die Reise ins Nadolny-Territorium unverzichtbar ist und in das Angebot aufgenommen werden muss. Und ungeachtet des hohen Preises müsse sich jeder Mensch, so die Geschäftsleitung von ´Reise mit Weile`, diese kostbare Ware gönnen können. Mithin ist verstehbar, dass Ereignisse sonst, ihrer symbolischen Bedeutung weitgehend beraubt, auf sich selbst reduziert werden. Eventkultur, Spektakel, alles live, eine vollständige Nabelschau: Leben aus dem Kreissaal der gestanzten Wirklichkeit!

Einer der Mitreisenden zeigte sich später noch als gebildeter Mensch und bezog sich mit folgendem Zitat auf Goethe: «Was verkürzt mir die Zeit? Tätigkeit! Was macht sie unerträglich lang?

Müßiggang!» Gleich anschließend behauptete er jedoch mit Erich Kästner, "... doch wer schuftet ist ein Schuft!"

Ein Meister des Zen würde diese Zitate sicher erstaunt zur Kenntnis nehmen. Seine Antwort auf diese preußische Haltung Goethe´s würde lauten: «Tu nicht einfach irgend etwas; sitz` nur da.»

Und Goethe´s englisches Pendant, William Shakespeare, hatte seinen Gänsekiel schon differenzierter am Puls der Zeit als sein deutscher Kollege: «Die Zeit vergeht bei verschiedenen Menschen verschieden schnell.» So weit, so verschieden.

Wie schnell doch unsere Tage im schwarzen Loch der Lebensuhr verschwinden. Die Zeit ist für uns Menschen eben endlich. Dabei kennt unser Zeiterleben durchaus den wohltuend gleichmäßigen Fluss, aber auch die verdichtende Beschleunigung und die breite Verzögerung des Zeitstroms. Im Traum und in besonderen Momenten des Erlebens kann sich der Zeitverlauf sogar aufheben. Man nehme nur die Muße oder die bewusst hingenommene Langeweile als Beispiele. Zeit nimmt man sich nicht – Zeit hat man! Doch ist das die Wirklichkeit?

Wenn überhaupt, so denken die meisten Menschen im Alltag nur selten an ihr, neben der Gesundheit, kostbarstes Gut, welches sie von Geburt an besitzen.

Aber man kann ja im Kleinen anfangen: bewusst gesetzte Auszeiten in das Alltagskarussell einbauen und sich den Beschleunigungswünschen der Umgebung wo immer möglich ins Nadolny-Territorium entziehen. Erzwungene Wartezeiten einmal nicht als verlorene Zeit wahrnehmen, sondern sie mit Gesprächen, Beobachtungen oder einfach mit Nachdenken verschönern.

Wenn wir schon keine Zeit mehr haben, weil der so genannte ökonomische Verwendungsimperativ sie uns geraubt hat, dann müssen wir sie uns eben wieder nehmen (oder schenken), wo immer es geht.

Tiefenauges Sommer

Als meine Eltern befanden, ich sei nun alt genug, um meine ersten Erkundungen in der Gegend, in der wir lebten, alleine zu absolvieren, lief ich jeden Tag hin und schaute zu, wie sich der See ab Ende April allmählich erwärmte.

Ich nannte ihn mein ´Grünes Tiefenauge`. Er war fast vollkommen rund und sein moselflötengrünes Wasser lag so still da, wie ein – ein Grünes Riesenauge. Tief, sagte Vater, tief sei er, fast bis zum Fluss runter. Ein ehemaliger ´Kamin`, irgendwas geologisches. Deshalb: ´Grünes Tiefenauge`!

´Grünes Tiefenauge` lag eingerahmt zwischen den Buntsandsteinfelsen, die ebenso pittoresk wie hoch über dem Fluss standen. Ihre bizarre Karl May-Schönheit, die ich Sommers besonders zu schätzen wusste, kontrollierte unerbittlich das enge Tal, in dem sich der stets wasserreiche Fluss wand. Und ich – kontrollierte mit. Wie bei manch anderen Kindern so wurde auch bei mir der schmale Saum zwischen nachgesagter Altklugheit und berechtigtem Eigenstolz durch meine verstiegene Sicht mancher Dinge zusätzlich belastet. Ich hatte die Eigenart, in meiner innigen Verbindung zu ´Tiefenauge` meinen Eltern gegenüber von besagtem See als einem autonomen Lebewesen zu sprechen.

Oder wie ich mich damals ausdrückte: Der See, sagte ich, der See ist was Besonderes, denn er holt sich sein Wasser von unten aus dem Fluss; samt der dazugehörigen Fische; also, mit allem drum und dran. Wie sonst sollte ein See, der über einem Fluss lag, an sein Wasser kommen?

Jedenfalls, ich habe meine Eltern und Verwandten eingeladen, an dieser Selbstverständlichkeit teilzuhaben, die sich so überdeutlich vor meinen Augen abspielte. Aber, was sag` ich.

»Ja, schau, der Billy. Phantasie hat der, also nein so was. Wirklich reizend, dieses Kind.«

Trotzdem: es lag ein großer Reiz in Tiefenauges Existenz, weshalb ich auf Teufel komm heraus Dinge in ihn hineingeheimniste. Darüber sprach ich jedoch mit Nichts und Niemand. Ich wusste ja selber nicht, was ich davon halten sollte. Und es bekümmerte mich, es klingt so lächerlich, während ich daran schreibend denke, dass ich meinen Empfindungen nie recht vertraute.

Doch ich war opportunistisch genug, um auch darin eine Stärke zu sehen. Immerhin, ich glaubte, wenn schon nicht ständig, so doch oft genug daran, dass ich eine wundersame Entdeckung machen musste, die ohne Zweifel große Aufmerksamkeit auf sich lenken würde.

Natürlich gehörten dazu auch fabulöse Kreaturen, die unter der Wasseroberfläche schlummerten oder am Seeboden kauerten und in ihrer Qual, nun, ich dachte, Qual wäre irgendwie gut, nach Jahrhunderten der Einsamkeit doch noch an die Luft und ans Licht kommen wollten, um etwas Interessantes, Spektakuläres und Schönes zu machen – mit mir natürlich.

Kinder: mag schon sein, dass sie so sind.

´Tiefenauge` hatte das nie interessiert. Er, der irgendwie Souverän meiner frühen Tage, blickte, launisch gleich bleibend, über das Tal. Doch schon damals hatte ich den Verdacht, das ´Grünes Tiefenauge` die Existenz einer Rose führte, einer Rose mit unbekannten Dornen. Vielleicht hinkt dieser Vergleich ja ein wenig; aber in Ermangelung besserer ... Ich hatte so Vieles in ´Verdacht`, denn es fühlte sich ganz einfach gut an, ´etwas in Verdacht zu haben`. Sicher stimmen sie mir zu, dass die Dinge insgesamt zweifellos weniger lebendig und geheimnisvoll gewesen wären. Was ich damit sagen will, ist, dass die Tage des Sees gezählt waren. Erstaunlich, wie leicht sich das heute schreiben lässt!

Nach erledigten Schulaufgaben und bar sonstiger Pflichten schickte ich mich an, zu den Felsen und damit zum See zu gehen. Sagen wir so, wenn das Wetter mitspielte, denn ich muss einfach zugeben, dass ich keine Waldläufermentalität besaß. Ich ging also die gut einhundert Meter durch ein Waldstück, das sich zum Flusstal hin öffnete.

Die rot-gelb-orange-farbenen Felsen begannen hier und mittendrin ´Tiefenauge`, dessen Wassertemperatur einen auch im Hochsommer nie verwöhnen konnte.

Ja, und obwohl ich Brustschwimmen konnte, jetzt wissen sie es: viel weiter als bis zu den Waden bin ich nie vorgedrungen, denn es gab kein wirkliches Ufer. Die Seeränder waren felsig und bestanden eben nicht aus jenem rauh-weichem Buntsandstein, sondern aus geheimnisvoll schimmerndem dunkelglattem Basalt, der zwar nahezu eben war, sich dafür aber nur wenige Zentimeter von der Wasseroberfläche abhob.

Es war meine felsenfeste Überzeugung: wenn ich erst einmal ganz im Wasser gewesen wäre, meine Hände hätten nie und nimmer einen festen Halt am doch so feuchten Rand gefunden. Statt dessen hätte ich mich, tapfer schwimmend, um nicht auszukühlen und selbstverständlich nicht sang- und klanglos unterzugehen, und auch laut rufend eine zeitlang gegen das Unvermeidliche stemmen können. Noch Luft für eine letzte Minute ... Morbide, gewiss! Kinder empfinden doch nicht so, oder?

Aus heutiger Sicht lautet mein Entschuldigungsplädoyer: Schuldig wegen grober, gleichwohl tief empfundener persönlicher Unsicherheiten, nie mehr, jedenfalls nicht aus eigener Kraft, aus dem See herauszukommen, sowie latenter Angstzustände, auf nicht näher beschreibbare Art und Weise ertrinken zu können und dabei den mannigfaltigsten Ungeheuern begegnen zu müssen. Damals erging folgendes Urteil gegen mich:

Mit im Nacken verschränkten Armen auf dem Rücken liegen und in den Himmel starren, bis sich die Wahrnehmung krümmt. Keine Frage, ich nahm die Strafe klaglos an. Und so lag ich, zumeist auf dem Rücken, die Arme im Nacken, schaute in den Himmel, und sah wie aus den Wolken fremde Küsten wurden, die an mir vorüber zogen, nie bestiegene Berge, unbemannte Wolkenschiffe, seltener Kontinentalplattenverschiebungen. Das war das Wesen echter Reisen: der Aufbruch, die Fahrt und – nie Ankommen.

Von irgendwoher kam gelegentlich eine Ahnung von heiß duftender Dachpappe und der wohlig-warme und leicht schmirgelnde Buntsandstein entließ, wie mir schien, stark riechende Mineralien an die Luft, wo sie auf um kühlere Luft ringendes Chlorophyll stießen. Grün riecht schon besonders. Außerdem wunderte ich mich oft genug, dass die kristallinen Einschlüsse im Stein nicht gleich mit herausfielen. Diese Eindrücke waren oft so stark, dass mich ein leichter Schwindel befiel, der mir half innerlich Karussell zu fahren. Noch heute spüre ich, wie sich um mich herum, zuverlässig und ganz sanft - eine zweite Haut bildete.

In vollkommener Abwesenheit von Vernunftplänen war ich nur von den Bestimmungen des Herzens und der Sinne umgeben. Es hätte immer so weitergehen müssen.

»Na dann lauf schon und guck', ob die Schwalben hoch fliegen«, rief Mutter mir mit ihrer elegant schwingenden Stimme aus der Küche nach. »Dann wird es morgen schön.«

Wie ich sie herbeisehnte, diese Vögel, die so ungemein hoch fliegen konnten. Die Flügel wie Sicheln, die kleinen Körper, schwarze Schatten gegen den Himmel. Das mit der Stimmung wie ´Schmetterlinge im Bauch`, das klappte nur im Sommer.

Mein wortejonglierender Vater verstand wohl etwas von meinem damaligen Gemütszustand und legte mir seine trocken-feine Hand in den Nacken und sagte das Wort: *Sommerfrische.*

Du lieber Himmel. Ich könnte jubeln, noch jetzt. Ich weiß, jedenfalls heute, sehr wohl, dass solche Schwärmereien lediglich Gemeinplätze sind. Na und?

Sommerfrische, das klang nach Luft und Licht, nach Land und Ferne, kühler Brise, aber auch nach schwer lastender Vorgewitterluft, Denken, Dösen und Lesen mit hörbaren Keksen, aber nur, wenn man sehr langsam die Schneidezähne durch die Köstlichkeit drängte, die ich Glückspilz mit niemandem teilen musste.

Selbst die Gänge zum kleinen Molkereifachgeschäft der winzigen Ortschaft, deren Inhaber auf den Namen Boltersdorf hörten, machte ich selbst an den heißesten Sommertagen aus tiefstem Herzen freiwillig.

Einmal um die Ecke gebogen, wir wohnten etwas abseitig, waren es noch einhundertfünfzig Meter, die ich auf dem allmählich aufweichenden Straßenasphalt durch das Hitzeflimmern der Luft irgendwie träge und deshalb rund und kuschelig, schlenderte. So verging die Ewigkeit. Die Milchkanne, die mir damals ziemlich groß vorkam, war aus getriebenem Blecheisen gefertigt, und der Kannendeckel besaß einen Holzknauf.

Die leichte Kanne war ein Teil der Muße, die ich damals sehr genoss, denn im Leerzustand konnte sie so wunderbar leicht geschwungen werden und war damit ein Teil meines rhythmischsommerlichen Lebensgefühls.

Insgeheim machte ich meine Späße mit ihnen, oder besser mit ihrem Namen. Wenn ich Herrn Boltersdorf gegenüberstand, fielen mir solche geistreichen Alternativen wie Polterdorf, olles Dorf, Poltergeist, Bolter ist doof und ich weiß nicht was ein. Ich weiß, Unverfrorenheit ist noch etwas ganz anderes. Die Familie Boltersdorf war aber sehr nett. Allesamt groß und durchaus füllig geraten; dabei gemütlich und gutmütig, denn Herr Boltersdorf schenkte mir, ich lüge nicht - immer ein Schlückchen Sahne, welches er aus einer alten Holzkelle in ein Glasröhrchen goss. Jedes Mal dachte ich, dass das Glasröhrchen nicht den Hauch einer

Chance gegen die steinzeitliche Holzkelle haben würde. Aber wie zum Gegenbeweis landete die Sahne stets zuverlässig in meinem Mund. Außerdem teilte ich mit Wilhelm – kurz Willi -, das war ihr Ältester, die Schulbank. Willi roch so lecker, so gesund nach irgendwie tierischer Hochwertigkeit.

Natürlich war ich der bessere Schüler, aber nicht arrogant oder zumindest hochnäsig. Deshalb durfte ich Willi auch Nachhilfe-unterricht geben, in Erdkunde, Mathematik und Deutsch sowieso. Zudem war mein Handeln nicht ganz zweckfrei, wegen der Sahne und so. Nein, nicht wegen der Sahne, -und es fällt mir schwer zu sagen weshalb, aber, ich mochte sie. Nicht nur, weil ich schon beim Verlassen unseres Hauses wusste, dass ich gleich in einem sehr kühlen Raum stehen würde, dessen Kontrast zur heißen Sonstwelt mich herrlich schaudern ließ; nein nicht nur deshalb, denn bei Boltersdorf musste es ja kühl sein.

Es war vernünftig. Denn, ganze Butterberge, Schicht- und anderer Käse hätten sonst noch ein Wettrennen begonnen.

Die Boltersdorf waren Leute, zu denen ich ausnahmsweise Kontakt von meinem Stern aufnehmen konnte. Aber nur dann, ich sage nur dann, wenn ich bei ihnen war -auf ihrem Territorium. Ich fürchte, schäme mich aber keineswegs dafür, dass ich sie anlässlich einer unausweichlichen Begegnung auf der Straße allerhöchstens knappst und steif gegrüßt hätte. Ich habe diese Leute aber – ein Mysterium meiner Kindheit – nie in einer solchen Situation getroffen. Jedenfalls, sie waren so ganz anders als meine Eltern, bei denen das gesamte Leben stets ´bewusst gemacht` wurde. Das Bolterdorf'sche Leben fand dagegen geerdet zwi-schen zehn und fünfundachtzig Prozent Fett statt.

Das sagte Willi's Vater selbst.

Willi durfte nicht auf die Felsen, was ich als Segen empfand. Auch sonst war ich dort alleine und fühlte mich dennoch restlos behü-tet. Weshalb die wenigen anderen Kinder in unserem kleinen Ort nicht zu ´Grünes Tiefenauge` durften, habe ich nie erfahren. Vielleicht lag es an ihrer Phantasie. Vielleicht war sie noch um

Einiges stärker als meine, und sie hatten Angst vor den Kreaturen, die im und um den See herum auf ihre jungen Opfer warteten. Vielleicht hatte ich auch nur Glück, und die Kreaturen ließen die Finger von einem naiven Bürschchen wie ich es war. Allerdings glaube ich, dass ihre Eltern sie wohl erfolgreich von einem Besuch oder schlichtem Spiel in Tiefenauges Umgebung abhielten, damit ihre Nachkommen sich nicht außer Kontrolle begeben konnten. Was alles hätten sie Furchtbares dort wohl anrichten können?! Unbeschwertheit und Spiel? Körperliche Gewalt, Unholde in Menschengestalt, die sich, Vertrauen erschleichend, die Kinder einheimsten? Oder ordinäre Klippenabstürze und gleich mehrmaliges Ertrinken? Nicht zuletzt wohnten auch in unserem lediglich ein paar Häuser umfassenden Dörfchen beide Geschlechter in meiner Altersklasse. Verstehen Sie:

Ein Kokon, der bisher wohl da gewesen sein muss, löst sich ab einem bestimmten Alter auf. Der Blick verändert sich, und die Nase nimmt Düfte wahr, die vorher wohl aus der Welt, die doch immer noch dieselbe war, verbannt gewesen sein müssen. Man wird irgendwie wach und fühlt sich sehnsuchtsvoll.

Ich erinnere mich an einen aus Scham vollzogenen Wegzug einer Familie, deren noch junge Tochter mit einem Burschen in meinem Alter etwas getan hatte, was in dieser kleinen Welt undenkbar war. Meine Eltern hatten diesen Vorfall dagegen unentsetzt nüchtern gesehen. So waren sie eben. Doch die fraglichen Familien konnten nicht mehr in einem Flecken wie diesem quasi Tür an Tür wohnen bleiben.

Man brauchte keineswegs durchs wilde Kurdistan, um die Zeitläufte mit ihren prägnanten Stimmungen als *major domus* zu erfahren. Doch ich habe gelernt, dass Gefühle sich erheben und wieder abebben.

In diesem Winter hatte es wie noch nie geschneit. Der Fluss schwoll deshalb im Frühjahr stärker als je zuvor an und drückte sein Wasser in den engen Kamin, mit der Folge, dass ´Grünes

Tiefenauge` erstmals über seine Ränder trat. Das aber tat er so vehement, dass sein überschüssiges Wasser wie ein richtig wild gewordener Riesenbach über die Klippen schoss und alles, was zwischen Himmel und Erde nicht solide verankert war, mit sich riss.

Der zwischen den Felsen liegende Mutterboden floss davon wie braune Bratensoße. Es war klar, dass der verbreiternde Durchstich zustande kommen würde. Der Landrat hatte es beschlossen, die Ingenieure ebenso. Ich nicht! Meine Eltern sagten, ich dürfe ab sofort nicht mehr auf die Felsklippen.

´Grünes Tiefenauge` solle kontrolliert abfließen, forderte der Landrat; im Sommer noch. Dass Dörfchen samt meiner Eltern stimmten zu, und ich - konnte nichts dagegen tun.

Als es dann soweit war, stand ich zwischen den zurückstehenden Lärchen und schaute zu, wie mit seinem Wasser auch meine Kindheit verfloss.

Totgeburt

Es war ihre erste eigene Bleibe. Gerade zwei Monate war es her,
dass sie eingezogen war. Seltsam, die ganze Zeit über war sie
euphorisch, so als hätte sie vorher immer nur anthrazitene
Wolken und Graupelschauer in ihrem Leben erlebt. Und jetzt,
Sonnenschein, hawaiianisches Surfen. Diejenigen, die sie bis vor

kurzer Zeit beeinflussen konnten, waren viel zu weit weg, um sie weiterhin kontrollieren zu können.

Aber was heißt das schon: zu weit weg? Räumliche Distanz etwa, die, obwohl auch sie sich aufbraucht, ihr eine gewisse Unversehrtheit garantieren sollte? Mag sein, körperlich vielleicht; doch auch dies nur bedingt. Andererseits verursachte schon der Versuch, den Vergangenheitsballast ihres noch jungen Lebens abzuwerfen, ein schneidendes Gefühl in ihr.

Soviel empfand und soviel verstand sie. Darin lag nun nichts Selbstverständliches. Den eigenen Gefühlen und Ansichten zu vertrauen ... Es war ein Dilemma. Man gewinnt eben nicht mal eben so Vertrauen, nicht zu anderen Menschen und erst recht nicht zu sich selbst. Was erst würde sie empfinden, gäbe sie ihren Erinnerungen an Zuhause nach, und was würde passieren, wenn diese Erinnerungen wie drahtfein geschnittene Lederstreifen mit großer Energie auf sie einschlugen?

Als Sara dreizehn war und alle Proportionen sichtbar, hatte sie für ganz kurze Zeit eine Schulfreundin, die ihr eines Tages ein, wie sie sagte, Geheimnis anvertrauen wollte. Ihren Bruder hatte sie beim Onanieren erwischt. Schwerwiegend? Intimität zum Normaltarif. Jedenfalls, bei diesem Vertrauensbeweis tat sie gerade so, als habe sich etwas Übles zugetragen, das sich gleichzeitig mit köstlichen Aromen paarte. Das Lachen war Sara im Halse stecken geblieben. Ihr, die mit den maliziösen Fallstricken ihrer Familie kämpfte. Die Mutter war hart, konnte aber gut kochen, wenn auch nicht immer. Sie war oft tagelang unterwegs, um die Kinder der weit auseinander siedelnden Nachbarn zur Welt zu bringen. Der kleine Bruder war nicht ganz richtig im Kopf; Sara musste auch für ihn sorgen, auch für ihn.

Die richtigen Landleute, die, die noch autark, die jedenfalls authentisch auf ihren Einzelhöfen in ausgedehnten Flusslagen und kurz vor den Bergfüßen atavistisch leben, die sehen über Behinderungen hinweg, weil Behinderungen nun einmal in der Natur vorkommen. Sie haben nicht jene konstruierte Innerlichkeit des Massenmenschen, der sich glauben macht, dem sozialen Druck, den leergefegten Bindungsfugen als Libertin routiniert bis gleichgültig standhalten zu können.

Und sie sehen darüber hinweg, weil einfach genügend Raum da ist, ein territoriales Umschiffen der ansonsten unverbindlichen Enge, das keine großstädtischen Psychodiagnosen oder sonstige zwanghafte Erklärungen über das Wie und Warum einfordert. Oder etwa doch? Was, wenn Menschen, nicht nur jeder einzelne, sondern der Mensch an sich aus Selbstschutz und zur Täuschung heuchelt? Obendrauf krustig und selbst darunter noch vage und immerzu selbstbezüglich. Der Mensch und sein Gesicht mit den Lichtern, dem Augenpaar darin: kann man ihm ansehen, wenn die Mimese aufgegeben wird, um das zu tun, was hinter der Leinwand verborgen tief im Höhlenherzen pocht?

Sind Menschen Tiere, die sich nur begabter, intelligenter verstellen als andere Lebewesen? Die Höhle ... der Nachwuchs ... die Verantwortung ... das Vertrauen ... der Kampf ... die Macht.

Unwillkürlich reimte Sara:

»Zöpfe sind zum ziehen da, alles Andere ist nicht wahr. Seht die Tochter wie sie flennt, seht den Vater wie er rennt.« Kein Feuer oder Hochwasser, keine Bedrohung weit und breit. Heulsuse, hat dein Vater nichts Besseres zu tun als aus der Scheune zu rennen? Manchmal wäre es wirklich gut, die Dinge wörtlich nehmen zu können. Des Menschen Natur!

Fugengequietsche, die Lichtgassen, die schräg in den großen Scheunenbau fallen, Altheugeraschel ... Alles geschah beinahe geräuschlos hart. Sara weinte stumm. »... seht den Vater, wie er rennt.« Wer hätte denn schon vermutet, dass sie, jung und vital wie sie nun einmal schien, sich schon nach wenigen Wochen derart alleine fühlen würde? Hier in der Stadt, die ihr alles bot, um unerkannt zu bleiben.

Wie das so ist, als Neuankömmling in der Großstadt. Das ungefiltert Unbekannte, die Konkurrenz der Geräusche, die umher strömenden Menschen, die neugierig machenden Gerüche, auch die des menschlichen Verfalls. In den kalten Kämpfen des Lebens laviert der Mensch stets an gebrochenen Rändern.

Vorsicht: Einsturzgefahr.

Einen festen Ort zu haben, das war schon etwas. Und es war gut, jemanden zu treffen, mit dem sie sich unterhalten konnte. Menschlich, nahezu gleichaltrig und ausdauernd warm, ja, so war es gewesen. Sonderbarerweise. Sie trug einen langen Rock, der unbedingt hochgehoben werden musste. Es war spät, und die Holzstufen im Treppenhaus ihrer neuen Bleibe waren noch warm, als sie barfuß nach oben gingen. Schade, es hatte nicht lange genug gedauert, um miteinander Fuß zu fassen. Wo war er eigentlich?

Sicher würde er zurückkommen, schon in den nächsten Stunden oder Tagen. Sie hatten wohl vergessen, darüber zu sprechen.

Die unablässige Klopferei aus dem Untergeschoss machte sie wahnsinnig. Auf der gegenüberliegenden Straßenseite fuhr die Hochbahn im sechs-Minuten-Takt und schob ihre Schallwellen ungefiltert durch die dünnen, altmodisch großen Glasscheiben ihres Appartments, die nur noch der uralt und steinhart gewordene Kit notdürftig zusammenhielt. Der Holzrahmen löste sich schon seit Jahren wie von Zauberhand selber auf. Die Außenluft stand deshalb zwangsläufig in einem regen Austausch mit ihrer eingeschlossenen Schwester. Aber es war billig, das war die Hauptsache. Unter steil stehenden Sonnenstrahlen summten die Autos auf dem ausdünstenden Asphalt vorbei.

Mit dem Rücken an der Wand saß sie, als wollte sie Energie aus dem Mauerwerk saugen und blickte in ihr Appartment und in sich selbst hinein. Ihr Kopf schmerzte.

Das Pochen im Bauch glich dem vorsichtigen Klopfen an eine Lebenstüre, durch die jemand unbedingt gehen musste. Also schön, sagte sie sich und beschloss hinunter zu gehen. Sie stand vor der Tür, klopfte dreimal. Nach einigen Bauchminuten war ihr klar, dass drinnen niemand vor hatte zu öffnen. Es gehörte sich nicht, aber sie trat mit voller Kraft gegen die Türe. Für einen kurzen Moment hörte das Klopfen auf und wurde durch ein gut vernehmbares Grunzen ersetzt. Sie war ein bisschen runter mit allem. Verdammt, sagte sich Sara, ich gäbe eine Minute reinen Sauerstoff für ein Aspirin. Ihr Schädel dröhnte und ihr wurde ziemlich schlecht.

In diesem Haus war nie jemand da; niemand, den sie um Aspirin hätte bitten können. Sie hatten Mehl, Eier, Milch oder Kaffee. Klar Kindchen, hab' ich für dich, so oder so ähnlich klangen die letztlich doch freundlichen Angebote. Oder nicht?

Ansonsten konntest du vor deiner Wohnungstüre liegen ... Früher, zuhause gab es das nicht.

Nur bei Vergewaltigungen oder allgemein bei Inzest wurde auf dem Land weggesehen; das gehörte sich einfach nicht. Da kannten sie gar nichts; da wurde geschwiegen; schweigsam wie ihr Land.

Der Hauseigentümer wollte neulich etwas länger als nötig bleiben, obwohl er bereits eine Stundung der Miete in Aussicht gestellt hatte. In drei Tagen war die Wochenmiete fällig, schoss es ihr durch den Kopf. Sara gab auf und ging die letzten Stufen durch den würdevoll kühlen Hausflur runter, hin zur Straße.

Ein Pudding in der Kurve, von Böen geschüttelt. Standsicher ist das nicht. Das Tageslicht auf dem Bürgersteig traf sie hart. Zwar federte es ihren Kopfschmerz ein wenig ab, brachte stattdessen aber ihren Kreislauf in eine grauenvolle Umlaufbahn. Sie überquerte die Straße und suchte die schattigen Stellen unter der Hochbahntrasse. An eine Säule gelehnt beobachtete sie das Haus, in dem sie lebte.

In ihrem Kopf reihte sich Szene an Szene; es wurde gedreht, geschnitten und neu zusammengesetzt. Vier Monate und das Leben davor, die Mutter, der Bruder, der Vater. Doch es wurde kein Film, und sie war keine Hauptdarstellerin. Nichts, was ihr ähnlich war, nur Bodenlosigkeit. Ihr Körper war das sichtbar Fremde. Sie spie kurz aus. Innendrinnen wurden die Kugellager böse. Die Kugellager, das waren ihre Gefühle, die sich wie die kleinen, perfekten Stahlkügelchen unablässig aneinander rieben, wenn sie erst einmal in Bewegung gesetzt wurden. Wie in Trance streckte sie den rechten Arm mit ausgestreckten Fingern nach vorne, als wollte sie nach etwas Imaginärem greifen, so, als wollte sie etwas festhalten.

Nach einer Weile löste sie sich aus dem Schatten und ging langsam die Straße hinunter. Die Krämpfe in ihrem Kopf waren unvermindert stark, trotzdem wollte sie es wagen, den Supermarkt zu betreten, wo sich für gewöhnlich sehr viele Menschen aufhielten.

Sara, hörte sie im ihrem Kopf eine Stimme rufen. Sara, weiter durch, hinten rechts. Sie ging weiter und blieb für einen kurzen Moment vor dem Regal stehen, in dem, geometrisch einwandfrei, die Fruchtkonservendosen einer einzigen teuren Marke aufgereiht waren.

Glückliche Kindergesichter strahlten sie in Serie von den Dosenetiketten an. Ihr wurde wieder schlecht; der Magenboden stülpte sich in Richtung Sonnengeflecht um, und das wahnsinnige Kribbeln auf ihrer gesamten Kopfhaut nahm zu. Sie sah sich mit ihrem kalkfarbenen Gesicht wie in einem virtuellen Spiegel neben sich gehend.

Sara ... Sie ging weiter. Auf einer Palette lagen Tampen, Stricke, Seile und lauter solches Zeugs. Sie starrte auf den gestaltlosen Haufen vor ihr und nahm ein etwa vier Meter langes Seil von reichlich grober Qualität. Mit dem Seil ging sie innerlich wie ausgehöhlt zur Kasse. Sie zahlte und nahm behutsam die Quittung entgegen. Komm jetzt Sara und geh' zurück hörte sie die Stimme wieder in ihrem Kopf. Sie wankte ein wenig, riss sich zusammen und ging die Treppe zur Hochbahn hinauf.

Oben angekommen legte sie das Seil um ein Schutzgitter, prüfte es noch einmal und zurrte es gut fest. Es hatte eine Stärke von achtzehn Millimetern; bisschen dünn, vielleicht, oder?

Nachdem sie noch einmal einen Blick auf das gegenüberliegende Haus geworfen hatte, legte sie sich die Schlinge um den Hals, überwand so zügig das Gitter.

Sie würde kein Kind gebären, dachte Sara, als sie sprang.

Tunnel(augen)blicke

Es geht steiler zu, und es wird eng, richtig eng. Dann Stopp! Du stehst da, unschlüssig. Wagentüre auf, Motor aus, die Reihenfolge ist eh beliebig. Das Massiv ragt vor dir auf. Erste Anzeichen von Verwunderung keimen in dir auf. Dein Wagen ist stark, auf ihn ist absolut Verlass. Außerdem kannst du ja die Beleuchtung einschalten. Schließlich das Startzeichen, genauso wie an der Fifth Avenue, auf dem Boulevard Haussmann, dem Newskij Prospekt oder selbst in Stratford-upon-Avon. Es ist die Farbe der Hoffnung. Dann fährst du ein. Vorsichtig erst: wie schnell fährt man, darf man fahren …

Du spürst, etwas in dir will sehr sachte schlucken, beinahe übersensibel, wie, um dich bloß nicht zu erschrecken. Beklommenheit macht sich bemerkbar, nimmt allmählich zu. Es ist wohl deine. Kennst du das Gefühl eigentlich noch? Du sagst dir, dass irgendwann das Licht kommen muss. Jeder hat so seine Hoffnungen.

Wir verstehen das.

Jeder Mensch hat das Recht auf eine See von Hoffnungen. Vielleicht ist ja nur mal wieder diese Elektrizität, deren Exzentrik gelegentlich und beinahe menschliche Züge annehmen soll. So hast du es mal gelesen. Doch im Nebel der Empfindsamkeiten scheitert selbst die sonst so starke Sprache an ihrer sich selbst auferlegten Genauigkeit.

Stattdessen drängt sich dir nach etwa zweihundert Meter ein Bild auf: eine Speiseröhre, naturalistisch, dem Prinzip der Peristaltik folgend. Trotz der niedrigen Geschwindigkeit siehst du, wie die feinen Wulstringe in unregelmäßigen Abständen auf dich zufliegen. Und, obwohl du nur langsam fahren kannst, beschleicht dich das Gefühl, etwas käme in der schlichten Addition zweier Geschwindigkeiten auf dich zu, oder dass du dich in - nein eher durch etwas Organisch-Lebendiges bewegst. Was, wenn das Ding jetzt schlucken müsste? So schön kann der Irrsinn sein.

Die Dunkelheit nimmt zu, wird dichter. Bewegst du dich wirklich voran, wie schnell bewegst du dich eigentlich und gibt dir dein Geschwindigkeitsmesser zuverlässig Auskunft über deine Fahrt? Dir bleibt keine Zeit, dir Gewissheit zu verschaffen, denn deine gesamte Konzentration richtet sich auf die Situation. Außerdem ist Gewissheit nur etwas für integre Menschen mit höheren Ansprüchen, die man sich schon beizeiten erwirbt.

Das Restlicht gehört einer anderen Welt an; der Welt, aus der du kommst. Noch nicht einmal eine Münze hättest du zur Verfügung, um Acheron bezahlen zu können.

Moment, langsam, ganz langsam, wer redet denn von Übersetzung in eine andere Welt? Du sitzt am Volant eines Automobils, immerhin, du hast Verantwortung und du solltest jetzt bitteschön nicht die Nerven verlieren. Du wartest darauf, dass es dich ausspeit, wie ein überflüssiges Objekt, dessen Gegenwart dieses Ding zwar nicht belästigt, es aber immer wieder, wie all die Anderen, mit Photonen voll stopft. Du schauderst? Dann bist du in der Mitte angelangt. Keinerlei Orientierung, kein Maßstab, nur das Fahrzeug, das dich weiterbringt. Der Takt des Motors klingt nicht anders als sonst, und die Drehzahl erlaubt sich keine beängstigenden Sprünge, oder etwa doch?

Ich träume, muss fabulieren, sagst du dir. Geh weg, was glaubst du denn? Das hier ist kein Traumland, Freundchen, du musst hier und jetzt, das heißt also augenblicklich, deinen Weg machen. Manch einer ist zerschellt, wusste nicht weiter, nahm einfach, aber wirkungsvoll die Hände vom Lenkrad.

Da, was war das? Ein riesiges Objekt zerbirst mit lautem Knall mitten auf deiner Windschutzscheibe. Ein gewaltiger Tropfen, dessen Wasser sich nahezu eimergroß über die gesamte Glasfläche verteilt. Vor dir schimmert die Bahn, wird dunkler, erste Pfützen, Lachenbildung, eine kleine Senke tut sich auf vor dir.

Du fährst noch langsamer, mit verschwitzten Händen und stark ansteigendem Puls. Herz und Hals bilden nun eine organische Einheit. Das ist neu!

Ausbuchtungen erscheinen an beiden Seiten. Jetzt hier lang? Dann plötzlich allergrellstes Licht, dem unmittelbar eine neunzig grad Kurve nach links folgt. Es geht sehr steil bergab, auf einer mäandergleichen Straße. Diese Reihenfolge ist schlicht überwältigend. Das Automobil kämpft den Kampf seines Führers: DEINEN. Dein erstes Leben kehrt jetzt wieder zu dir zurück. Oben und unten, bis an die Grenzen des Horizonts, überall blauestes Blau, wogendes Grün, die Luft umarmt dich, will Liebe machen. Noch bist du schüchtern, verlegen; kommt schon noch, wart's nur ab.

Es ist, was es ist. Keine Geheimniskrämerei, nein! Es ist nichts Exotisches, nichts Lustiges, kein Horror - was weiß ich was; Aufzählung beendet. Oder etwa doch ...

Eintausendsechshundertachtzig Meter reinster Unregelmäßigkeit, eintausendsechshundertachtzig Meter tiefste Dunkelheit, also ohne Licht, wenn du von den jeweiligen Enden absiehst, zu denen man auch Ein- oder Ausgang sagen kann. Nie war die Aussage »Dunkelheit ist mehr als die Abwesenheit von Licht«

stimmiger als hier und jetzt. Wie Dunkelhaft in der Einzelzelle. Und wenn du an einen röhrenförmigen Fledermausbungalow oder ähnlichen Blödsinn denkst –mir egal-, du liegst grotesk falsch. Blöd für dich, oder? Denn diese Röhre, Tunnel –nenn es wie du willst- besteht in ihrem Inneren an drei Seiten aus reinem Fels. Und an manchen Stellen aus etwas, das dich an den fettesten Zuckerrübenlehm erinnert; irgend so ein Zeugs jedenfalls, das sich von oben unter Druck durch allerfeinste Ritzen der Felsendecke zwängt und sich dir dann schmierig-dicht zeigt. Eben wie richtig fetter Zuckerrübenlehm.

Unten ist so etwas wie fester Untergrund erkennbar, natürliches Bitumen vielleicht, eben erst seiner Millionen Jahre alten unterirdischen Schlafstätte entschlüpft. Sehr eigen. Möglicherweise ist es eine steinzeitliche Form von Asphalt. Die Seiten sind stalaktisch zur Tunnelmitte hin. Oben hängt sich fortlaufend Bergwasser an der Decke auf, rinnt gegen alle Physik an der Decke entlang. Haftungsgrenzen sind hier unbekannt. Sie werden mühelos überwunden, ein Wunder wider die Schwerkraft. Kleine helle Wasseraugen, die dich unablässig ansehen, dir nachgucken.

Dieses Ding würde jeden Scout oder Rechercheur, der für die Filmindustrie von Mumbay, *(hieß früher mal Bombay)*, Hollywood oder Lagos arbeitet, dermaßen entzücken, dass ihm sämtliche Körpersäfte austreten würden, und zwar gleichzeitig. Er oder sie, ist mir auch egal, würde sofort an eine mindestens dreihundertfünfzigprozentige Honoraraufstockung denken. Warum? Weil dieses Abenteuerspielgerät von einem Tunnel für mindestens fünfundsiebzig Prozent aller Filmproduktionen ein idealer Plot ist.

Beispiele: Zwei schreiend weiße Screammasken tauchen völlig unvermittelt aus der buchstäblichen Finsternis, der Djehenna auf. Gepresst in die Nischen suchen postmoderne Romeos und Julias ihr Heil in der Flucht durch den Dunkeltunnel. Ob Naturfilmkulisse oder schwärendes Apokalypseszenario, selbst Darsteller von Stunts würden nicht mehr nach Hause wollen.

Kuss-, Schuss- oder Schlussszenen würden sich hier wohl fühlen.

Und sei es auch nur für einen einzigen take von sechs Minuten, der in der Postproduction bei sagen wir mal achtzehn Sekunden auskommt. Die Kosten für die Mühe, dort überhaupt hinzukommen, wiegen kaum, wenn ein nur halbwegs talentierter Regisseur mit einem guten Team auftaucht und einen halbwegs guten Film dreht. Jeder wird sich also fragen, ´wo haben die das denn aufgenommen`. Die Filmscouts dieser Welt würden sich zunächst auf alle einschlägigen Datenbanken stürzen, anschließend auf sämtlich verfügbaren Kommunikationsmittel einschließlich kursierender Gerüchte und auf die weltweite Verkehrsmaschinerie, nur um diesen Ort ausfindig zu machen.

Ein globaler Hype ohnegleichen würde einsetzen, mit einer TV-Serie a la »Das Millionenspiel«, deren Lizenzen, wenn schon nicht intergalaktisch, so doch -oh ja- mindestens international gehandelt werden. Mit Sondersendungen, die in loser zeitlicher Reihenfolge Menschen porträtieren, die das Tunnelobjekt angeblich kennen, damit irgendwie zu tun haben oder in dessen Nähe leben.

Auch wenn es viele besser zu wissen glauben, aber Louis Stevenson hat seine Schatzinsel genauso codiert wie die Nazis ihren obskuren Schatz, den irgendein ideologiebesessener wie dienstgeiler Pilot im persönlichen Auftrag von Himmler oder sogar von Hitler an einen wahnsinnig mythischen Ort fliegen sollte. Der Typ konnte wohl nicht gut fliegen, irgendwas hat ihn nämlich runter geholt. Ob's der Berg an sich war, die Drosselklappe des Vergasers oder eine Riesenharphye:

Sagen wir mal, der Gute hatte einfach Pech gehabt. Dieser aphrodisierende, erotisierende Schatz (Anm.: obwohl sein öffentliches Auftreten gänzlich anders war, schätzte Adolf Hitler solche Anwandlungen) liegt rund zweihundertvierzig Kilometer südwestlich von Berchtesgaden in der Nähe eines Städtchens, dessen Name … Ach, streng dich doch selbst an. So schwierig ist das nun auch wieder nicht.

Dieses Tunnelding jedenfalls sieht aus, als hätten ihn einige Generationen von Kindergärten oder Primarschulen gebuddelt. Vielleicht war es aber auch nur ein einfaches Arbeitskommando von einem der neuerdings zahlreich entdeckten Marsmonde, die das Ding in einer einzigen Nacht mal so eben gestochen haben, wie die Tunnelfachleute sich ausdrücken.

Auf der anderen Seite des Tunnels jedenfalls, glaub mir, bist du sprichwörtlich jenseits der Berge, am Rand der Welt unter lauter Ureinwohnern, die in einem ständigen –und wirklich kauzigen– Konkurrenzkampf leben.

Jeder kann alles besser als sein Nächster, hat die besseren Perspektiven, andere Menschen kommen alleine wegen der tollen Angebote nur zu diesem oder jenem Bewohner. Und alle sind mit lächelndem Gesicht so herrlich missgünstig. Es ist ein Ort, an dem sich Feldstudien endlich wieder lohnen. Und das in einer Region, die sowieso neben allen Zentren dieser Welt liegt. Als gigantomanisches Aquädukt geplant, fristet der fragliche Tunnel seit einigen Jahren ein Leben als Verkehrsverbindung, führt durch den Unterleib eines Gebirgsstockes. Quasi durch die Prostata oder auch den Uterus, je nachdem, welches Geschlecht du gerade bevorzugst. Die Deutungshoheit liegt ganz alleine bei dir. Da bin ich großzügig. Aber vielleicht sagst du dir auch:

»Heh, Freundchen, komm mir nicht so gescheit daher, so verflucht besserwisserisch. Schreib vernünftig, so, dass es alle sofort verstehen. Also schreib nicht so gequirlt, bitte. Vor allen Dingen nicht so blödes Zeugs! Echt langweilig, will doch keiner wirklich wissen. Alles klar?« Wenn das so ist, bitte sehr. Der Wind bläst halt von allen Seiten verschieden. Also mache ich meinen eigenen Wind und will jetzt jedenfalls wieder zurück zu meinem Tunnel. Punktum!

Ursprünglich wollte General Tito auf diesem Flecken am Ausgang dieses Tunnels seine Staatspension genießen.

Sie haben von ihm gehört?

Bis heute munkeln die Ureinwohner in einem feierabendmythischen Diskurs, es müsse wohl die Vorsehung gewesen sein, die einstimmig beschlossen hatte, dass er hier seinen Lebensabend verbringen *muss*.

Nun, der große Staatsmann, der die seit Jahrhunderten ethnisch wie national reichlich mit Tunnelblick ausgestatteten Serben, Makedonier, Slowenen, Kroaten, die Bosnier und Herzegowiner und ich will auch nicht die Montenegriner und auf gar keinen Fall die Kosovo-Albaner und die Italo-Slawen vergessen, zwangsunionisiert hatte, nun, jedenfalls, dachte er daran, bei einem dieser Völker bis zur endgültigen Nicht-Regenerationfähigkeit seiner Zellen fröhliche Urständ zu feiern.

Damit auch wirklich nichts schief geht, brauchte dieser Mann natürlich auch eine gewisse Grundversorgung, um die Befriedigung seiner natürlichen Bedürfnisse zu ermöglichen. Nein, Freundchen, nicht was du denkst oder schlimmer noch. Wasser, mein Lieber, von Wasser ist hier die Rede. Der tatkräftige Held des Balkans sollte schließlich nicht dürsten. Da er sich just diese Gegend ausgeguckt hatte, war guter Rat teuer.

Denn, was nutzen einem die landschaftlichen Reize, alle Schönheiten, was die mögliche Aussicht auf genussvolle Muße, wenn das Wasser des Lebens an diesem paradiesischem Orte aus unsicherer Quelle fließt.

Ureinwohner und Zisternen, das passt ohne Frage. Doch Staats- und andere Bedenkenträger, nein wirklich! Flugs wurde ein Stab gebildet. Das Problem sollte in den Griff zu bekommen sein, nein mehr noch, es sollte der verlässlichen Kontrolle des Menschen unterliegen.

Wie schon gesagt, wir befinden uns hier hinter den Bergen, über die sich's trefflich, wenn auch lange und umständlich, mit Eseln, Maultieren oder Pferden reiten lässt. Du kannst natürlich auch deine eigenen Beine beutzen! Was aber, wenn Tito nun einmal in das nächstgelegene Städtchen wollte? Der General war auch in dieser Situation ganz Feldherr und er verfügte dass:

1.   eine mit modernen Fahrzeugen zu befahrene
           Piste über die Berge sowie bei dieser Gelegenheit
2.   eine Wasserleitung von angemessener Kapazität

gebaut werden müsse. Wenn das nicht visionär war!

Herr Tito ordnete also den Durchstich des Gebirgsstocks an, damit zu seinen persönlichen Zwecken Wasser fließe. Und so geschah es. Das Wasser wallte (ich bitte um Nachsicht, dass ich die ausführlichen Hintergründe der Arbeiten an dieser Stelle nicht beschreibe), aber irgendwann zierte Herr Tito sich und wollte schließlich doch nicht kommen. Ihm kam anderes in den Sinn. Aber das ist eine ganz andere Geschichte.
Und so geschah es, dass die Ureinwohner in den Genuss eines prämodernen Aquäduktes kamen. Immerhin. Aber du lieber Himmel, diese Menschen müssen nicht richtig bei Trost gewesen sein. Gut, ich gebe zu bedenken, dass es in diesem Teil der Welt Sommers richtig heiß wird, aber du und sie alle, liebe Leser, sind doch mit dem der biologischen Evolution entlehnten Begriff ´Anpassung` vertraut. Diese Leute oder deren Gene kennen diese Hitze seit Menschengedenken.
Doch was soll's; zurück zu den Wurzeln hieß ihr Motto. Weg von der strömenden, kanalisierbaren Wohltat des Lebens und nichts wie hin zu den Zisternen. Muss Liebe schön sein. Doch ganz so tumb, wie ich die Menschen hier in meiner Boshaftigkeit erscheinen lasse, sind sie nicht.

Jedenfalls, nicht wirklich. Es kam zu einer Versammlung der Ureinwohner, die in einem bemerkenswerten Konsens endete. Die guten Leute fühlten sich in den letzten Jahren doch merklich von der Außenwelt abgeschnitten. Dass sie völlig ausreichende Mengen Wasse hatten, wenn auch zisterniertes, war jedem klar. Aber über die Berge, auf der von Herrn Tito befohlenen Piste zu reiten, nein, das war kein wirklicher Fortschritt.

Es war eher eine Schmach, eine große Erniedrigung gar. Diese Menschen hatten eine sehr alte Tradition, zumal was die Vorstellungen von Ehre und Schande angeht.

Ich will es kurz machen, sie bohrten die Wasserleitung auf. Und zwar so weit, bis richtige Automobile in Länge und Breite hindurch fahren konnten. Nur PKW's allerdings, die zu ihrer Versorgung notwendigen Güter werden in kleinen LKW's immer noch über die Berge gebracht, über die *Titopiste*.

Seit einiger Zeit haben sich die Ureinwohner in erbitterten Streitereien dazu durch gerungen, am jeweiligen Ende des Tunnels eine moderne Ampelanlage zu installieren.

Selbst ihnen erschien der Verlust von menschlichem Leben zwischenzeitlich doch etwas zu hoch.

Wer im Tunnel Platz machte, der galt als Schwächling und feige. Das sprach sich schnell herum, selbst wenn dabei bewusst Falschaussagen gemacht wurden. Mittlerweile hat man die Ureinwohner durch gut geschulte Mitarbeiter der für sie zuständigen Regionalbehörde mit der richtigen, sprich, der guten Nutzung von elektrischem Strom vertraut gemacht. Waren, wen wundert's, anfänglich noch Stromausfälle die Regel, so verzeichnen Hobbystatistiker jetzt lediglich drei bis vier lässliche Dunkelheitsperioden in der Woche, die sich zwischen einer und acht Stunden bewegen können.

Was soll's: Steinöfen, befeuert durch Olivenholz, erzeugen allemal eine wohlschmeckendere Pizza als ihre mit Strom betriebenen Verwandten. Ein gutes Argument. Ob es daran liegt, dass sie sich gegen die Elektrifizierung des Tunnels ausgesprochen haben, ist indes schwer einzuschätzen. Wer weiß! Vielleicht sorgt die Dunkelheit des Tunnels in den langen Winternächten immer mal wieder für hoch willkommenen Gesprächsstoff.

Vielleicht sollten die Ureinwohner doch noch den Kontakt zu Filmproduzenten suchen, um ihr Schätzchen der Welt bekannt zu machen. Doch wer von ihnen sollte, dürfte das tun?

Und wer unter ihnen wäre der oder die Richtige?

Allein diese Auswahl zu treffen; und dann solche Fragen:
Wer und warum verdient wieviel Geld in dem Filmgeschäft ... man
darf nicht einmal daran denken!

Also es ist jedenfalls eine Insel.
Und es gibt sie wirklich ... Mein Wort darauf!
Allen Scouts viel Spaß bei der Suche nach dem Kleinod.
Ich jedenfalls hoffe, dass ihr sie nicht entdeckt.

Unmöglich alleine

Es dämmerte; vor allen Dingen mir. Was, das werde ihnen später mitteilen. Einstweilen stehe ich gut geborgen bei einer schon knorrigen Stieleiche, deren Stamm zwei Armspannen von der Hauswand eines Flachbungalows entfernt ihre ausladenden, blattlosen Äste über einen großen Teil des Daches in den fahlen Himmel reckt.

Sie bietet mir den notwendigen Sichtschatten, von dem ich, aus einem sehr spitzen Winkel, die schwach erleuchteten Fenster des dreigeschossigen, stattlichen Hauses auf der anderen Straßenseite beobachte. Ich erkenne lediglich die Silhouette eines groß gewachsenen Mannes und einer möglicherweise noch jüngeren Frau. Wie es aussieht, geht es wohl temperamentvoll zu da drüben. Die Fensterfronten sind großzügig bemessen. Überhaupt gebietet das gesamte Wesen des Hauses Respekt.

Im Vergleich damit fällt der Flachbungalow hinter mir um mindestens zwei Schulnoten ab. Im Übrigen hat er für heute wohl beschlossen, nicht mehr gestört zu werden. Die Rollläden sind jedenfalls unten, und soweit ich es sehe, regt sich dahinter nichts. Wer weiß, vielleicht sind die Eigentümer verreist, sitzen in der Oper oder schieben sich gerade die letzte Nudel bei ihrem Lieblingsitaliener rein. Ich hoffe, dass Möglichkeit Nummer eins zutrifft, dann habe ich meine Ruhe. Mein Auto kann ich nicht einsetzen; es wäre das einzige hier und würde sofort auffallen.

Unter mir ist der sandige Boden an der Oberfläche wegen der Kälte sehr spröde und bricht zart wie ein Baiser auseinander. Ein wirklich guter Platz für mich. Es ist ziemlich leicht, hier unbemerkt stehen zu können. Ich hatte schon Fälle, wo ich mir wie entkleidet, wie auf dem Marktplatz stehend, vorkam.

Es hat zu schneien begonnen. Kleine dichte Flöckchen, wie die Styroporbrösel, welche die stets unsichtbaren Gehilfen von Filmrequisiteuren kameragerecht auf den Plot fallen lassen.

Es ist richtig gemütlich, so wie ich es mag. Kein Mensch außer mir hier draußen; niemand der mich bei meiner Arbeit und vor allen Dingen mich selbst nicht stört.

Wundersame Menschen haben selten Brotberufe, die sie in ihrem Treiben empfindlich stören könnten. Egal, Käuze stehen nicht unter, sondern sitzen immer noch auf den Bäumen. Hahaha ...

Ob ich rüber gehen und um einen heißen Kaffee bitten soll? Ich friere ein wenig in mich hinein. Kein Wunder, wenn man wie ich sparsames Haar ohne Kopfbedeckung trägt. War es gestern nicht noch um einiges wärmer? Ich trage zu leichtes Schuhwerk an den Füßen, die Jacke ist dünn wattiert, und meine Hosen taugen sehr viel besser zum tête-à-tête in einem frühsommerlichen Stadtwald mit lauschigen Seebuchten. Die Sehnsucht meiner Kleidung nach sommerlichen Temperaturen überträgt sich immer allzu leicht auf mich. Alles wie immer. Ich bin nun einmal anfällig fürs Leichtlebige.

***

Was denn, brauche ich etwa jemanden, der als Aufpasser meine Kleiderordnung regelt? Das hätte mir noch gefehlt. Ich habe nichts zu verbergen. Bei mir Zuhause ist das Meiste durchaus vorzeigenswert. Ein großes Zimmer mit Kochecke und Schlafkämmerchen. Gut, es gibt ein paar Ecken ... na und; wer hat die nicht? Ich habe eben nicht die Zeit, Aufräumaktionen durchzuführen. Vor Besuchen räume ich immer auf, das schon. Vor allem muss ich, nein, will ich wichtige Dinge wie das, was ich schreibe in Sicherheit bringen. Ich meine damit meine Gedichte und Geschichten und dieses Zeugs. Erstaunlich? Keineswegs! Nein, ich bin so etwas wie ein dichtender Detektiv, ein *DD*, der sich das Recht nimmt, nicht bloß Fichtenkultur sondern auch naturbelassener Mischwald zu sein. Die schöne, die große Einfachheit, wie das Spazierengehen in der Welt, das ist es. Vielleicht stellt sich ja, wenn die Erkenntnis wie durch Unendliches gegangen ist, wieder so etwas wie Grazie ein, hat Kleist einmal sinngemäß geschrieben. Ich würde mich gerne mit ihm unterhalten!

Im Grunde ist es aber so, das können sie mir glauben, dass ich in keinster Weise daran interessiert bin, mich mit jemandem, der es geschafft hat, zu mir durchzudringen, über mein Schreibtätigkeit zu unterhalten. Ich habe auch nicht die Absicht, mich jemandem vorauseilend anzuvertrauen oder wie man das nennt. Ich weiß genau, dass die Leute gerne verfistelte, genäselte Fragen stellen wie »*Wie interessant! Weshalb schreibst du denn?*«. Andere fühlen sich berufen, meinen Alltagspädagogen mimen zu müssen.

Dann beginnen sofort die Rückzugsgefechte, und du guckst am liebsten nur noch Löcher in die Luft. Habe ich schon oft genug erlebt. Ich will partout nicht unhöflich sein will. Doch würde ich nach meinem Gefühl gehen, ich müsste sie rauswerfen.

Aber ich habe ja Glück, mit den Besuchen und so. Spontane Besuche sind ohnehin nicht das Gelbe vom Ei. Man steht angewurzelt voreinander, weiß nicht wohin mit den Händen und sieht sich mit meist idiotischem Grinsen an. Ich habe auch nie die richtigen Gläser, aus denen wir trinken könnten. Ist mir nicht so wichtig. Bei mir findet die Bierflasche ohnehin, so lange sie noch gefüllt ist, von ganz alleine ihren Weg zum Mund. Auch die Erfinder von Milchtüten wussten ganz genau, was für einen modern lebenden Menschen das Richtige ist und haben einen guten, weil unkomplizierten, mundgerechten Ausguss konstruiert.

Lassen wir es gut sein. Sie merken schon, es gibt Menschen, die vielleicht weniger eigenbrötlerisch sind als ich.

***

Wenn doch bloß die Zehen nicht wären. Ich kann ja hier schlecht rumtrampeln. Mechanisch reibe ich meine Hände, und hoffe dass sich die Reibung in Form von Wärme auch auf meine Zehen ausdehnt. Manchmal hilft es, wenn man so naiv ist. Ich lehne mich an die Eiche, deren längsrissige Borke noch einen Hauch letztjähriger Sommerwärme gespeichert zu haben scheint. Einbildung ist eben auch eine Form von Bildung. Ein Haiku, den ich am letzten Abend beackert hatte, betritt meine Erinnerung.

»Das Licht, es flirrt dort
im Geäst der Kirschbäume
das Gras ist noch Kind«

Fünf-Sieben-Fünf: Diese formale Strenge, die hat was; eine Art Gegenstück zu meiner eigenen Unsortiertheit. Unter dem Strich bin ich froh, dass ich Formalismen ab und zu etwas abgewinnen kann. Ich schreibe ja freiwillig; habe schon früher diesen Hang gehabt. Geerbt habe ich ihn jedenfalls nicht. Andererseits sind die menschlichen Gene sehr gut beschäftigt; haben viel mit ihrer Rekombination zu tun. Muss eine komplizierte Sache sein. Aber die schlauen Kerlchen kriegen das ganz gut in den Griff. Meine

Eltern tickten jedenfalls anders, und meine Geschwister sowieso. So kann's einem gehen. Aber es geht ganz gut.

Kennen sie eigentlich Gerichte, die so heißen wie ´Dialog von Zander und Flusskrebsen` oder ´geeistes Ingwerparfait an einer lauwarmen Mousse aus Früchten`? Wie finden sie das? Mich schreckt so was auf. Ich bin mit Möhren und Haferflocken in jeder Form aufgewachsen, lebe in der Gegenwart mit ... ach, lassen wir auch das. Doch wer weiß, vielleicht sitze ich irgendwann einmal an einem Tisch, und nachdem ich eine Schale Champagner genossen habe, wird mir aus einem Winkel von fünfundvierzig Grad von hinten links ein Cappucino aus Schalentieren serviert. Warten sie, dann würde ich Jakobsmuschel an delikaten bretonischen Roscoff-Zwiebeln essen und anschließend ein zwar kräftiges, aber trotzdem zurückhaltendes Steinpilzrisotto, einen Hauch nur beträufelt mit Trüffelöl. Über den Nachtisch vermag ich noch nichts zu sagen. War nie mein Ding, könnte ausfallen. Bloß keinen Pudding. Aber das Brot müsste erstklassig sein; ja, das müsste sein. Auch das Olivenöl, so es in den Speisen vorkommt. Den Wein würde ich mit dem Sommelier besprechen.

Und so fragt sich denn der billige Jakob: »Was kostet die Welt?«

Aber Freiheit ist nicht nur das Vermögen im Portemonnaie, sondern die Kunst, einen Zustand von selbst anzufangen und dabei unabhängig von der Willkür durch andere zu sein. Schön, dass ich es so gelassen sehen kann. Über mir huscht ein Vogel in dem vornehm wirkenden Astgewirr der Eiche. Vorsichtig trete ich von einem Fuß auf den anderen. Abgesehen von den Geräuschen die ich selber mache, ist es ruhig um mich herum; fast atemlos still. Es ist oft so, wenn die Luft kalt und von Schnee erfüllt ist. Dann hast du das das Gefühl, dass die Freiheit in der Luft wohnt, während sie gleichzeitig alle Laute unterdrückt. Tralala ... ´Die Freiheit ist ein unbekanntes Tier` ... Drüben gibt es außer den beleuchteten Fenstern nichts für mich zu sehen. Langsam kriecht die Kälte bis an den Beinabschluss meiner Boxershorts.

***

Geben sie es ruhig zu, für viele Menschen ist die Unwissenheit, was als nächstes zu tun ist, doch ein Horror; jetzt gleich das Nächste nach dem Nächsten tun, immerzu. Bäng, bäng, bäng. Und dann reden sie von dieser Leere. Muss schrecklich sein. Ich weiß, viele geben es nämlich nicht zu. Es ist menschlich. Ich dagegen finde die Leere ganz wunderbar, weil die Seele Flügel bekommt. Wenn ich länger als eine Stunde auf Posten stehe, dann – wie sag ich's meinem Kinde – dann entgleitet mir mein Geist. Ich gebe zu, es ist völlig paradox. Er verselbstständigt sich und macht Dinge - die eigentlich nicht mit meinen Aufträgen vereinbar sind.
Da ist es schon gut, dass wir einander nicht in unsere Köpfe sehen können. Sonst wüssten wir zuviel voneinander.
Ich bin mir sicher, das kommt aber alles noch. Warum? Na, wenn ich beobachte, was man heute mit dem menschlichen Körper so alles anstellen kann. Übrigens, ich finde, dass die intensive Arbeit, die einen ganz in Anspruch nimmt, mit Hirn und Nerven, der größte Genuss im Leben ist. Aber auch das ist relativ. Der Mensch ist möglicherweise nichts weiter als ein Spielball seiner Gehirn-ströme; ist evolutionärgeschichtlich primitiver, als er es wahrha-ben will. Der freie Wille - eine Chimäre! Alles geht entlang der eigenen Fiktion, die sich jederzeit und willkürlich verändern kann.

***

Stopp, Stopp, Stopp! Ich habe mich schon wieder hinreißen las-sen. Es ging darum, wie man sich fühlen kann, wenn man nichts oder scheinbar nichts zu tun hat, oder? Ich gehe noch mal einen Schritt zurück. Also, ich stehe, hier nahe bei diesem alten Baum, direkt hinter mir das Haus. Gut zehn Schritte entfernt von mir, die Straße, besser gesagt eine Art unversiegelter Sackgasse, die zum Wald heranreicht. Obwohl in dieser Gegend nur teure Häuser ste-hen, die von sehr wenigen Menschen bewohnt werden, sind die

Bürgersteige ganz schön breit. Platz da, in Hülle und Fülle. Aber bitte, Sozialneid ist nun wirklich fehl am Platz. Wie gesagt, die Adresse ´Am Buchenmaar` ist keine Straße im eigentlichen Sinn. Vielmehr ist es eine Art befestigter Sandweg mit jetzt leicht pudriger Oberfläche, der mit einer einzigen jener Laternen auskommen muss, die es mir ihrem grünen Schutzanstrich bereits in den Fünfziger des letzten Jahrhunderts gab. Die Lichtverhältnisse entsprechen etwa denen eines Swinger-Clubs. Das Haus mit der Nummer Zwei ist eines von vier relativ weit auseinander liegender Häuser. Alles in allem eine Gegend, wo der Fuchs damit beginnt, unter das Kleid der Häsin zu schauen.

Also - mein Auftrag lautet: Beobachtung des Hauses ´Am Buchenmaar 2`. Und zwar genau vierundzwanzig Stunden. Keine Fotos, nur schriftliche Notizen, die aber ganz genau. Ob Menschen das Haus betreten oder verlassen usw.

Das hörte sich wie eine klare Ansage an. Doch ich fragte meinen zeitlich befristeten Ernährer, weshalb bitteschön genau vierundzwanzig Stunden und zu welchem Zweck. Welche Hintergründe muss ich wissen, damit ich das Richtige beobachte.

Wie viele Personen sind es eigentlich, die ich gleichzeitig oder eben nicht beobachten soll; ist es nur eine einzelne Frau, ein Kind, ein Mann oder gar der Haushund? Ich habe zwei Augen, zwei Beine, ein Auto, das aber bei mir Zuhause steht. Was, wenn plötzlich zehn Menschen gleichzeitig das Haus verlassen und dem Prinzip der Windrose folgen? Ich finde, es liegt nahe, diese Fragen zu stellen. Oder soll ich mir etwa notieren, wann eine dieser Personen aus dem Fenster guckt oder wer was im Supermarkt zu welcher Tageszeit einkauft?

Statt einer plausiblen Antwort legte mein Besucher noch einhundert Euro zusätzlich auf meinen Schreibtisch und sagte lediglich: »Sie wissen jetzt Bescheid. Ich melde mich.« Und weg war er.

Mitte fünfzig, von mittlerer Statur, sicherer Stil, eher teuer gekleidet. Arrivierter Akademiker oder so. Verdammt, ich war nicht wirklich auf Zack gewesen. Schön, ich hatte jetzt zweihundertfünfzig

Euro sicher, nicht schlecht. Aber was soll ich mit diesen Informationskrümeln anfangen?

Muss ja was wirklich Geheimnisvolles sein.

Hätte ich etwa ablehnen sollen? Als ich meinen verwunderten, auf die Türe gehefteten Blick wieder in den Griff bekam, sah ich, dass auf dem Schreibtisch eine Visitenkarte lag.

Ich nahm sie auf, stellte fest, dass sie wertig war und las ´Professor Dr. Mikus, Ästhetische & Plastische Chirurgie`. Keine Adresse, lediglich die Nummer eines Mobiltelefons war notiert. Ich ging ans Fenster, um zu sehen, ob mein Besucher vielleicht in ein Auto stieg. Dann legte ich mein elektronisches Notizbuch auf den Schreibtisch. Ein richtiger Tausendsassa ist dieses Ding, vielfältig zu gebrauchen. Für ein Powerbook reichte es ohnehin nicht mehr bei mir, um damit in den Außendienst zu gehen, denn ich hatte mir schon einen neuen Apple zugelegt.

Wirklich, ich liebe ihn, ohne Übertreibung, obwohl er mich an meine finanzielle Schmerzgrenze brachte. Der PDA musste noch einmal aktualisiert werden, und dann beschloss ich, ein wenig zu surfen. In Null-Komma-Nichts war ich im Zwischennetz.

Obwohl ich mir fest vorgenommen hatte, den kleinen Spielchen von *ttclip.com* fernzubleiben, war ich, alte Gewohnheit – wieder in ein Tischtennis-Match mit meinem virtuellen Freund Lee-Han-Tok verstrickt. Begleitet von mehreren Tassen Kaffee geht es immer sehr knapp aus zwischen uns – meistens drei Sätze. Er spielt wie eine Gummiwand. Bringt alle Bälle zurück. Vor allen Dingen machen mir seine Aufschläge Probleme; spielt viele Varianten. Ich riss mich zusammen, denn jetzt hatte ich etwas zu erledigen.

Ich verabschiedete mich von Herrn Lee, der mir durch seine schmalen Augenöffnungen maliziös zuzwinkerte und versuchte mich an einer seriösen Recherche.

Ich gab ´Professor Dr. Mikus, Ästhetische & Plastische Chirurgie` in die Suchmaschine ein. Einen Wimpernschlag später hatte ich ein Ergebnis, das diese Bezeichnung nicht verdiente. Fehlanzeige, den Herren gab es so nicht.

Ich versuchte es ohne Erfolg mit alternativen Suchbegriffen wie 'Schönheitschirurgie' und 'Lipo-Medizin'. Schließlich ließ ich den gewichtigeren der beiden akademischen Titel weg, und erhielt bei 'Dr. Mikus UND Plastische Chirurgie' gleich mehrere Treffer, in denen der Begriff Transsexualität und Geschlechtsoperation, vorkam. Also gab ich 'Transsexualität UND Dr. Mikus' ein.

Zuvor hatte ich nur deutsche Seiten aufgerufen, jetzt klickte ich die Suchoption 'Alle Seiten' an. Ich erhielt genau zwölf Treffer, nur einer davon in Deutsch, einer in Englisch; die zehn anderen waren eindeutig Kyrillisch, soviel stand fest.

Ich wählte eines der Übersetzungsprogramme, die für nicht so polyglotte Zeitgenossen allererste Verständnisschwierigkeiten ausräumen helfen. Obwohl diese Programme nicht wirklich gut sind, war ich in der Ansicht, dass noch etwas anderes hinter der mäßigen, ja fehlerhaften Darstellung stecken müsste, denn regelmäßig wurden einzelne Buchstaben ausgeblendet, bzw. in der übersetzten Fassung erst gar nicht angezeigt.

Als ich mehrfach den Namen Odessa las, wurde mir klar, dass die kleinen Aussetzer bei der Übersetzung nachvollziehbar waren. Es war natürlich mein Fehler.

Wenn ich die Übersetzung von Russisch nach Deutsch anklicke, dann tut das Programm nichts anderes als von dieser in jene Sprache zu übersetzen. Man kriegt ja bei dem Übersetzungswunsch Italienisch nach Schwedisch auch nicht Baskisch nach Suaheli oder sonst was. Jedenfalls handelte es sich beiden zehn Treffern um Internetseiten aus der Ukraine.

Zur Sicherheit druckte ich die Seiten aus und markierte mit dem Textliner die wichtigsten Begriffe und Wörter. Auf dieser Grundlage erstellte ich eine Matrix in Form einer Tabelle. Links vertikal die beiden Hauptpersonen; und in der darüber liegenden Horizontalen die unterschiedlichen Optionen als Variable. Neben Odessa und Transsexualität traten die Namen Leon Ilfan und Marius Mikus farblich in den Vordergrund. Was sollte ich davon halten? Vorerst konnte ich mir keinen Reim darauf machen.

Vielleicht war Dr. Mikus ukrainischer Herkunft. Falls ja, vielleicht war Leon Ilfan sein transsexueller Jugendfreund aus -man liest und hört ja soviel darüber- einem vernachlässigtem ukrainischen Kinderheim; vielleicht waren sie einfach Schulfreunde, die ihre Sommerferien zusammen an der Küste des Schwarzen Meeres verbracht haben.

Ich weiß natürlich selbst, dass diese Schlussfolgerungen nicht besonders haltbar oder gar intelligent sind. Aber ich ließ mich kindisch gehen, so, wie ich es immer dann tue, wenn ich feststelle, dass ich nicht weiterkomme. Eine Art von Arbeitsverweigerung zu einem sehr frühen Zeitpunkt. Schließlich kann kein Außenstehender in mich hineinsehen. Es gab mir einfach -vor mir selber- die Möglichkeit, ohne Gesichtsverlust eine Sache kurzzeitig auszusitzen. Ich versichere ihnen, das ist keine Seltenheit! Andererseits komme ich immer mehr zu der Überzeugung, dass ich mir eine bessere Meinung über mich zulegen sollte! Ist ja gut für`s Selbstwertgefühl. Wie wär's mit schöpferischer Pause? Analytische Selbstreferenz klingt ebenfalls ganz ordentlich.

***

Ich ahnte, dass mich der dunkle Kloß der Unwissenheit die nächsten, ich blickte auf die Uhr, einundzwanzig Stunden begleiten würde. Ich stellte das Radio an, fummelte, bis ich den Hunger leidenden Jazzsender fand und hörte in Art Farmer's »Something you've got« hinein. Das neutralisierte die überschüssigen Gedankensplitter ein wenig. Erneut nahm ich das Blatt mit der Tabelle und fabulierte weiter. Wahrscheinlich waren Mikus und Ilfan die führenden Köpfe einer Schleuserbande, die ukrainische Transsexuelle nach Deutschland brachten, dort versteckten, um sie zu verkaufen, zu vermieten ... was weiß ich was.

Nein, sicher waren sie, gegen viel Geld natürlich, Zulieferer der schönheitschirurgischen Industrie, in der sie selber tätig waren.

Also, meine beste Idee ruhte auf exakt sieben Säulen:

• *Erstens:*

Ilfan und Mikus waren wissenschaftlich tätige Mediziner, die Ukrainer nach Deutschland brachten, die

• *Zweitens:*

unter einem ziemlich hohen persönlichem Druck standen, weil sie als Transsexuelle in Deutschland auf ein besseres Leben, möglicherweise auch auf eine Geschlechtsumwandlung hofften oder

• *Drittens:*

Ilfan und Mikus hatten diese Menschen in dem Haus ´Am Buchenmaar 2` zwischengeparkt wo sie

• *Viertens:*

Sexuelle Dienstleistungen zu erbringen hatten, bis sie

• *Fünftens:*

Ihre Reisekosten nebst metastasierenden Zinsen und Zinseszinsen zurückgezahlt hatten, um

• *Sechstens:*

Solange dort weiterzuarbeiten, bis sie wegen der längeren Wartefristen nach und nach

• *Siebtens:*

Die von ihnen heiß ersehnte Umwandlung durchführen lassen könnten.

Es war mir gelungen, mich selbst zu beeindrucken.

Was für einen Hinterhalt hatte ich mir da selbst gelegt?

Falls ... wenn ... wie ... und wo? Ich sagte mir, dass ich jetzt wirklich überspannt sei und wollte die Idee auf möglichst niedrigem Niveau entsorgen. Das wäre das Beste. Denn thematisch befand ich mich im völligen Dunkel. Erste Zweifel an meiner eigenen Dummheit nährten jedoch weitere Fragen.

Wie groß war eigentlich der Markt für Transsexuelle?

Ich ging wieder ins Zwischennetz und wurde fündig. In Ostdeutschland gab es eine Klinik, die nach eigener Auskunft auf dem Gebiet der Geschlechtsumwandlung führend ist.

Und ein echter Markt, ich nenne ihn mal Primärmarkt, existiert wahrhaftig, denn für die Umwandlung eines Mannes zu einer Frau fallen um die fünfundzwanzigtausend Euro an. Und wer es von einer Frau zum Mann bringen will, zahlt noch einmal gut fünfzehntausend Euro mehr. Dabei heißt es doch immer, dass die Evolution das weibliche Geschlecht besonders komplex ausgestattet hat. Na, ist nicht mein Problem. Mein Geschlecht ist jedenfalls eindeutig, und ich bin ganz zufrieden mit ihm. Ich machte mir die Notiz: ... Klinik in Potsdam, Adresse, sehr teuer, führend in Geschlechtsumwandlung ...

***

Es wird wirklich ungemütlich. Die Kälte grinst mich mit ihrem Siegerblick an. Sie hat das Stillhalteabkommen gekündigt, den Beinabschluss meiner Boxershorts längst hinter sich gelassen und sich zwischen meinen Beinen gemütlich eingenistet. Übrig bleibt die Frage, ob ich ein je ein Mann war. Ich spüre nicht mehr viel, merke, wie ich so ein wenig abdrifte. Meine Füße haben den Anpassungsprozess an diese Bedingungen längst erfolglos hinter sich gebracht. Ich trotze der Gefühllosigkeit; stehe immer noch aufrecht. Ich kann auch nicht anders.

Wenn ich mich jetzt bewege, werde ich, grobmotorisch wie Frankensteins Monster oder wie ein von Haloperdol geschwängerter Psychiatriepatient, unaufhaltsam in Richtung Straße steuern, sie überqueren und nach kurzer Zeit zwangsläufig gegen die Mauern des Hauses stoßen, welches ich doch beobachten soll.

Ich bin keineswegs hysterisch, aber auch nicht mehr in der Lage, meine Bewegungen angemessen zu koordinieren. Immer wieder blinzele ich zwischen unfreiwillig dreiviertel geschlossenen Augen hinüber zum Haus auf der anderen Straßenseite. Die eiskalte Luft hat sich auf meinen Augenlidern einen herrlichen Palast gebaut. Ich sagte schon, ich stehe noch immer aufrecht, kann aber das Haus nicht sehen. Meine Augäpfel müssen sich, wegen der Kälte, um einhundertachtzig Grad nach innen gedreht haben. Ich gebe zu, dass ich auf breiter Front zu schwächeln beginne. Allmählich ängstigt mich mein zunehmend surrealer Zustand. Vielleicht ist der ja subreal, scheißegal?

Ernsthafte Beklommenheit macht sich in mir breit. Warum in aller Welt stehe ich hier eigentlich?

Verdammt, ich kann mich nicht mehr erinnern! Natürlich, ich bin von einem Mann überlistet worden, der meine Situation hier ausnutzt, um einen heimtückischen Mord zu begehen. Kein Mensch weit und breit.

Er wusste genau, wenn man hier pflichtschuldig stundenlang im Verborgenen steht, wird man zu dem, was ich jetzt bin. Vielleicht ist er ja der Eigentümer des Flachbungalows hinter mir, und gerade jetzt steht er, mit einem Ohr hinter den herunter gelassenen Rollläden, wie ein Hexer darauf wartend, dass ich vollkommen wehrlos bin und er endlich zuschlagen kann. Jetzt weiß ich, er sucht sich seine Opfer, indem er ihnen obskure Geschichten erzählt und lockt die Ahnungslosen hierher. Fast spüre ich seine Mordwaffe in meinem Rücken. Ich weiß nur noch nicht genau, was es ist. Vorsichtig atme ich die kalte Luft ein. Allerhöchste Zeit für mich nach Hause zu gehen.

Friert mein Hirn allmählich ein? Mir fallen die Anekdoten von den letzten Erinnerungen der ´beinahe Erfrorenen` ein, die im Krieg oder bei Bergbesteigungen gerade noch einmal die Kurve gekriegt haben. Da ist oft die Rede von Licht und Zeit, die sich verändern. Bisher hatte ich noch keine Lichtvisionen, weiß aber, dass die Zeit unterschiedlich schnell vergeht. Das Rumstehen, Abwarten und immer wieder neu zu fühlen, wie die Zeit verrinnt. Ich hätte auch Taxifahrer werden können. Es wartet sich gut an Taxiständen. Und erst die Standheizungen in den Fahrzeugen ... Natürlich ist es prinzipiell langweilig, hier so herum zu stehen und durch anderer Leute Fenster zu stieren. Ich will sie ja nicht auch noch langweilen, aber so vergeht die Zeit einfach schneller. Geteilte Zeit ist eben halbe Zeit. Ein klein wenig verstehen, ein bisschen nur die Wirklichkeiten wie im Flug erkennen, und schon sind wir wie Irre, verrannt in Eigenliebe und innerer Zwiespältigkeit. Wie ein Kiesel von den Küsten, ein Tropfen aus den Ozeanen.

Klingt nett, oder? Warten sie, ich muss das aufschreiben; doch womit jetzt noch schreiben. Ich habe keine Hände mehr. Ich bin ein Mensch ohne Füße und Hände.

Wer hätte sich träumen lassen, dass Erkenntnissuchende wie ich ihr Geld damit verdienen, nächtelang im Auto zu sitzen oder stundenlang darauf aufpassen, damit die zu observierenden Personen nichts Falsches machen. Jedenfalls nicht, ohne dass ich davon etwas mit bekomme. Wie ist es möglich, dass ich in diesem Zustand an so einen Quatsch denken kann?

Hier geht es um mein Überleben!

Ein Geräusch schreckt mich auf. Ich reiße die Augen auf. Der Kaltluftpalast auf meinen Lidern beginnt zu bröckeln.

Mein Kreislauf und ich schlagen unsere letzte Schlacht: Verdun, Guadalcanal, Stalingrad, Am Buchenmaar. Nur ein Rest von Leben.

***

Ein einzelnes Auto nähert sich dem Buchenmaar. Zunächst sehe ich nur die Scheinwerfer, dann das ganze Fahrzeug. Jemand steigt aus, geht zur Haustüre. Es ist eine junge Frau. Das Auto fährt zum Waldrand, wendet und entfernt sich. Muss ein Hybridfahrzeug sein, denn ich habe keinen Motor gehört. Ich bin beunruhigt und drehe mich langsam um.

Von irgendwoher kommt ein sehr kalter Lufthauch.

Schnitt: nächste Szene

»Ich bin der Eigentümer des Hauses, das sie beobachtet haben. Gestatten, Martin Arnold. Es handelt sich um meine Tochter. Sie ist mein einziges Kind. Sie müssen wissen, ich bin beruflich sehr viel unterwegs. Noch vor einem halben Jahr haben meine Tochter und ich über Internatsschulen als eine Alternative zur jetzigen Situation gesprochen. Ich bin wohlhabend genug, um ihr ein sehr gutes Internat zahlen zu können. Nach ihrer anfänglichen Zustimmung stritten wir uns, weil sie doch nicht von Zuhause weg wollte.» Er blickte kurz auf, stutzte und fort. »Langweile ich sie auch bestimmt nicht mit meiner Geschichte?«

Ich verneinte krampfhaft höflich, saß weiterhin lässig in meinem Sessel, blickte ihn an und hörte ihm zu. Ich glaube, ich sah in dem Moment gut aus, mit einem Nimbus der Souveränität.
Arnold war unwichtig. Er hätte sonst was erzählen können.
»Wissen sie, für jeden ihrer Kollegen war meine Situation nur eine Lappalie. Sie haben abgelehnt. Alle. Einer sagte sogar, ich solle meine Tochter besser erziehen. Arrogantes Volk, ihre Berufskollegen, wenn ich so sagen darf. Also beschloss ich, eine abstruse Geschichte zu erfinden, die interessant genug erscheinen musste, um nicht wieder einen Korb zu erhalten.
Ich dachte an Menschenschmuggel in Osteuropa und habe deswegen ein bisschen im Internet recherchiert. Dabei bin ich auf diesen Mikus gestoßen und habe einige Visitenkarten anfertigen lassen. Die sehen doch richtig gut aus, oder?«
Dann fragte er noch lachend, ob das illegal gewesen sei oder er sich gar eines Verbrechens schuldig gemacht habe.
»Zu guter Letzt kam ich auf sie. Nun, wie soll ich … Tut mir leid, es wird sie sicher nicht ehren. Aber das Geld können sie doch gut gebrauchen. Und immerhin«, er lachte wieder, «auch sie sind auf Mikus im Internet gestoßen. Damit war meine Geschichte doch glaubwürdig.«
Ich murmelte ein deutlich gedehntes Ja. »Ich glaube, das war es wohl. Also, nochmals danke.« Er stand zügig auf und verabschiedete sich.
Ich muss gestehen, ich war unhöflich, denn ich bedankte mich, trotz des großzügigen Honorars, nicht bei ihm. Gleichzeitig überlegte ich, ob man Kinder sich zu oft selber überlassen darf. Bin ich ein Spießer? Ich leide nicht unter einem Mangel an Berührungen und werde auch keiner der Kuschelgruppen beitreten, die überall

im Land entstehen. Es sind Singles, solche wie ich, die sich dort treffen. Und was haben sie davon? Sind wir etwa Erdmännchen oder Mäuse, die sich zu einem Haufen zusammen kuscheln? Aber andererseits, andererseits finde ich es ja auch ganz unmöglich, alleine zu sein. Ich beschloss, etwas in dieser Richtung zu unternehmen, schon sehr bald; aber ohne die Swinger- und sonstigen Kuschelleute. Schön konservativ, zwei Menschen, die sich treffen, irgendwie. ... ein Spießer?

Ich wollte mir einen Kaffee machen und nahm den weißen Filterraufsatz, besser gesagt, ich wollte ihn nehmen, aber ...
Ich wachte auf und merkte, dass ich wie fest betoniert auf dem Bauch lag. Wo waren meine Arme? Ich war mein eigener Gefangener. Nicht komisch, denn es war sehr unangenehm. Doch ich bin zäh und würde mich schon besiegen. Im Zimmer war es sehr kalt. Trotz meiner unsichtbaren Zwangsjacke schaffte ich es aufzustehen und verriegelte die Terrassentüre. Durch meine Einschränkung dauerte es ein wenig länger als üblich. Seltsam, gestern Abend muss ich wohl vergessen haben, sie zu schließen. Draußen legte sich der erste pudrige Schnee zärtlich auf die Dächer und die Bäume am Waldrand.

Vater roch meistens würzig

Vater roch stets würzig-herb und nur minimal süßlich. Basisnote: Sandelholz; Herznote: Bergamotte; Kopfnote: Zeder. Vielleicht habe ich sie auch vertauscht, diese Noten, mag sein.
Seine Hände, seine Kleidung, sein Gesicht sowieso; irgendwie der ganze Mensch. Egal, ob morgens, abends, in der Küche beim Kochen, in seinem Büro und im Auto. Der Duft war konstant, immer verlässlich. Ich glaube, es war das Zeugs aus der weißen

Steingutflasche, die so ganz anders aussah als die üblichen Glasfläschchen, welche Aftershave, Eau de Toilette oder Parfume enthielten und bei uns im Badezimmer ihr eigenes Abstellschränkchen hatten. Mir schien, er verbrachte relativ viel Zeit im Bad. Manchmal füllte er auch etwas in die Steingutflasche hinein. Er probierte wohl verschiedene Düfte aus.

Mein Vater, der Hobby-Parfumeur! Wer weiß?

Der Samstag war der Tag, an dem der Fiat 1500 CTS Siata, nach den Einkäufen in Augenschein genommen wurde. Der Wagen, der auf sehr vornehm wirkenden Weißwandreifen stand, besaß einen umlaufenden Doppelstreifen aus Chrom, Doppelscheinwerfer und Knüppelschaltung. Das war schon was. Wir, also mein Vater und ich, nahmen halb geschäftig, halb feierlich die weiche Aufsatzbürste, doch stets mit einem unernsten Restschalk, dann den Eimer mit je einem großen und einem kleinen Schwamm, sowie die Flasche mit dem Autoshampoo und die Dose mit dem Autowachs. Nicht zu vergessen die Autopolitur und natürlich den Schlauch, den brauchten wir auch.

Nach einer knappen Stunde ging mein Vater zurück ins Haus. Wie immer hörte ich, wie er zu meiner Mutter mit einer fachlichen Attitude sagte, dass wir, also er und ich, jetzt wieder die Bremsen trocken fahren müssten und dass es wie üblich gut anderthalb bis zwei Stunden dauern könne. Er verwies auf die wässrige Flüssigkeit, die sich gefährlich im Inneren der damals noch üblichen Bremstrommeln absetzen konnte und erläuterte die verminderte Wirkung eben jener an der Hinterachse angebrachten Trommeln, die so gar nichts von Trommeln an sich hatten, statt dessen eher wie gusseiserne Tellerminen aus dem allerersten Weltkrieg aussahen. Zwischendurch äußerste sich meine Mutter mit einigen freundlich gemeinten *ahhs* und *ohhs*, womit sie wohl die Bedeutsamkeit und das Unvermeidliche des Vorgangs ausdrücken wollte.

Eines Samstags entfuhr meiner Mutter ein: »Um Himmels Willen, nur dass nicht.«, als Vater ihr sagte, dass die Bremswirkung an der Vorderachse, an der natürlich hochmoderne Scheibenbremsen verbaut waren, sehr zügig abnehmen würde, wenn die Bremsleistung auf der Hinterachse verloren ginge. Und was das nun zu bedeuten hätte, ja, das wäre ja wohl mehr als klar.

Meine Mutter und das Haus entließen meinen stark augenzwinkernden Vater, der wie immer mit den Händen durch das vor dem Haus stehende Schilf strich, und wir fuhren los.

Etwa eine halbe Stunde später saß ich dann am Steuer und fuhr auf einem gleichermaßen großen wie leeren Parkplatz vorsichtig weite Kurvenradien oder beschleunigte den CTS bis in höhere Drehzahlen des zweiten Ganges.

***

Es war an einem Wochenende, als mein Vater und ich mit dem Zug nach Heilbronn am Neckar fuhren und das für meine Begriffe gleichermaßen sportliche wie imposante Fahrzeug so mir nichts dir nichts abholten. Eine Einkaufsvariante, die mir aufgrund der väterlichen Erläuterungen zwar einleuchtete, dennoch – ich kam mir vor wie jemand, der jetzt auch persönlich den Bogen raus hatte. Wozu denn in ein Autohaus gehen, sich dort die Fahrzeuge ansehen, um unschlüssig und unverrichteter Dinge wieder nach Hause zu gehen?

Da war es doch gleich etwas ganz anderes, sich das Auto fabrikwarm abzuholen und ganz nebenbei gab es so überaus angenehme Nebeneffekte wie im Zugrestaurant essen zu gehen, eine Werksbesichtigung der Deutschen Fiat AG mitzumachen, zwischendurch einen warmen Kakao oder eine Limonade spendiert zu bekommen, das vornehm graue Fahrzeug in Empfang zu nehmen, es zu öffnen, zu beschnuppern und zu fühlen, schon mal Probe sitzen und - sich insgesamt sehr wichtig vorkommen.

Zum Schluss der Prozedur gab es noch ein Modellauto für mich und für meinen Vater schweinslederne Handschuhe, die seinen

Handrücken großzügig freigaben, und die überall gelöchert, bei-gefarben, sehr geschmeidig und dünn waren. Und ganz zum Schluss wurden uns von dem Werksmeister – ich glaube, das war wohl sein Titel - die Einfahrregeln mitgeteilt.

Immerhin, damals waren fünfundachtzig Pferdestärken kein Pappenstiel. Die mussten richtig bewegt werden, von Anfang an. In der linken unteren Ecke der Windschutzscheibe war innen eine Tabelle aufgeklebt. Darauf standen die fahrtechnischen Verhaltensregeln für den Wagenlenker. Also, die ersten tausend Kilometer im ersten Gang nur bis fünfzehn, im zweiten Gang bis fünfunddreißig, im dritten bis sechzig und im vierten Gang nie-mals über einhundert Kilometer in der Stunde fahren. Dann ging die Tabelle zu den Geschwindigkeiten über, die man einzuhalten hatte, bis das Auto dreitausend Kilometer auf dem Buckel hatte.

Ich glaube, dass die Prozedur danach aufhörte und dass wir end-lich schnell fahren konnten.

Fiat Millecinquecento CTS Siata; es war das Topmodell der Baureihe, und ich hatte, ohne es zu wollen, ein langes italienisches Wort gelernt. Die etwas dreihundert Kilometer an Rückfahrt woll-ten herrlicherweise nicht enden.

***

Während ich mich also auf dem Parkplatz wie Nuvolari fühlte, zuckte mein Vater nicht einmal mit der Wimper. Zwischendurch blickte er wie völlig unbeteiligt aus dem Beifahrerfenster, so als würde er geradewegs darauf vertrauen, dass ich den Wagen eben nicht gegen einen der Bäume lenken würde.

Kein Wunder, bei diesem Vertrauensvorschuss musste ich ihm den Gefallen tun. Der Parkplatz lag tiefer eingebettet als die Umgebung an einem Stausee und war vollständig von Bäumen und aufgeworfenen Hügeln umgeben. Deshalb waren wir ver-gleichsweise gut getarnt.

Ich hatte meinem Vater zwischenzeitlich das Lenkrad wieder in seine Hände gegeben. Selbstverständlich waren die Bremsen immer noch lange nicht trocken.

Deshalb mussten wir unbedingt auf die Autobahn, denn nur dort, bei hoher Geschwindigkeit, verließen auch die letzten dieser wirklich hartnäckigen Wassertropfen die Bremsaggregate.

Was uns wirklich auf die BAB zog, das war die ansehnliche Giulia von Alfa-Romeo; auch die BMW aus der Reihe 1500 bis 1800 hatten etwa gleich viel Leistung; dann waren da noch die 'Heckflossen` von Mercedes-Benz 190 bis 220 und es gab flotte Simca's, Ufo-ähnliche Panhard's und die 'DS` von Citroen. Gut, die Glas und natürlich Porsche sowie gewisse BMW und Mercedes waren eine Klasse für sich. Von den britischen und italienischen Exoten rede ich jetzt nicht, denn die waren einfach nur bildschön anzusehen, und auch dann, wenn sie mit ihrem Geschwindigkeitsüberschuss an uns beiden jenseits der einhundertachtzig Kilometermarke so mal eben vorüber rauschten.

Während wir also, die Eifel bremstechnisch in Richtung Autobahn durchfuhren, herrschte ein stilles Einverständnis zwischen uns. Wie immer. Und als wir nach Hause kamen, waren die Bremsen trocken – vollständig. Wie immer.

Waldaihöhe 2

23. Dez. 1941, 02.45h, 59° 18′ 33″ n.B. / 31° 22° 20′ 07″ ö.L

Bodennähe, tiefe Dämmerung, ein fast fahler Lichtstreifen hinter hochstehenden Cirruswolken. Eiseskälte, die Luft ist hochfeucht, legt sich dicht wie Schweiß auf die Kleidung, benetzt die Haut mit kleinen Schuppen aus Wasser, die durch die Nasenöffnungen einsickern. Die Lungen sind ein einziges Feuchtbiotop. Der Nebel ist unmissverständlich, dicht, aber nicht undurchdringlich. Der Nebel sieht aus, fühlt sich an, als wäre er lieber als Nassschneegestöber auf die Welt gekommen. Einige Meter oberhalb des Grundes stehen Birkenhäupter Spalier. Die Kiefern, Lärchen und Fichten blecken auch im Sommer ihre nackten Knochen der Sonne entgegen. Sie sind sauer. Viel dichtes, dorniges Verholztes behindert rasches Vorankommen. Morast selbst auf den vermeintlich festen Flächen, sonst nur sumpfig stehendes Wasser, obenauf rottende

Pflanzenteile. Bald schlägt der Frost endgültig zu. Äste und amputierte Bäume ragen aus dem silber-dunklen Stillwasser, dessen Oberfläche teilweise bunt schillernde Schlieren zeigt.

Nichts bewegt sich, ruft, teilt das Dickicht, tost gar; nichts verweist auf Sichtschirme oder sonstige Anhaltspunkte, die eine Vernetzung der Sinne mit der Logik ermöglichen.

Tausende dichtmoosige Buckel, darunter eiszeitliche Felsen. Schweiß fließt. Jeder Tritt kommt aus dem tiefen Untergrund, und jeder Schritt führt wieder dorthin zurück.

Meine innere Landkarte hat sich schon vor Stunden vollständig verschoben, vermag nichts auszurichten, gibt mir keinerlei Orientierung angesichts der trügerischen Ruhe. Ein mörderisches Stillleben nur, wie aus einem Gemälde von Goya.

Die Angst klammert hart, das Herz rast, ich kann nichts Schönes denken, finde keinen Halt, keine Synthese. So also wird mein Alptraum sein, wenn ich sterbe, dort hinten auf dem knapp fußbreiten Steg und dem dahinter stehenden Wald, der eine Front gegen mich aufmacht, der mich, wenn ich mich ihm anvertraue, aber auch schützen kann. Noch will ich nicht sterben, noch nicht. Ich muss den Wald erreichen. Ich brauche Deckung, wenigstens von oben. Langsam aufsteigende Faulgasblasen umwabern meinen unsicheren Gang.

Ich gehe weiter, höre, wie ein Aufklärer in großer Höhe über mir fliegt. Ärgerlich, ich habe für einen Moment den Kopf in den Nacken gelegt, um den Flieger besser sehen zu können und trete in ein, wenn auch kleines, Wasserloch. Es hat gereicht, meine Schuhe melden Überschwemmung. Anhalten, hinsetzen, da wo es trocken ist. Schuhe aus, nie die Aufmerksamkeit verlieren, mit ruhigem, konzentriertem Blick die Umgebung abtasten.

Das Wasser in meinen Schuhen ist zäh, dunkel, riecht nach Torf und, du meine Güte, whisky-erotisch. Mir ist überhaupt nicht wohl bei dem Gedanken, dass ich, angesichts meiner wahrlich erbärmlichen Situation, in solchen Bahnen denke.

Ein erstes Zeichen von Selbstbetrug? Pure Absurdität. Ich nehme alte Grasbüschel zu Hilfe, gehe damit in die Schuhe hinein und versuche sie mehr schlecht als recht trocken zu reiben. Ich kann es mir absolut nicht leisten, krank oder schwach zu werden. Nasskalte Füße sind womöglich der Anfang. Außerdem, aber das vermag ich jetzt nicht mehr zu ändern, hat sich das Schuhleder mit dem Wasser voll gesaugt. Sie sind schwer, die Treter. Ich öffne meine Hände, sehe auf die Innenflächen und weiß, warum ich einen eigentümlichen Schmerz fühle. Das Gras enthält viel Kieselsäure und hat mir, ohne dass ich es bemerkt habe, haarfeine Wunden beigebracht. Meine Handflächen sind voll davon.
Ich befinde mich in einer grauenvollen Situation. Jetzt erst recht. Ich friere!

***

Klischeehaft, was soll ich sagen, aber ich weiß nicht mehr, was über mich gekommen war. Wie lange ist es her? Denn, dass etwas und zwar etwas sehr Törichtes über mich gekommen sein musste, das war so sicher wie das berühmte Schlusswort in judäochristlichen Gotteshäusern. Aber ich muss die Reihenfolge wenigstens einigermaßen einhalten.
Ich hatte meinen Freund Leon in Berlin getroffen. Dort hatte ich vorübergehend ein kleines Büro, von wo aus ich unaufschiebbare Arbeiten verrichten konnte. Das Büro lag in der Ifflandstraße, Nähe Jannowitzbrücke, die im Volksmund wegen des früher erhobenen Brückenzolls einfach nur ´Sechserbrücke` genannt wurde. Direkt gegenüber lag die Margaretenschule, eine ´Höhere Töchterschule`. Muss ich dazu noch mehr sagen? Ich fühlte mich ganz wohl dort, konnte über Projekte ausbrüten, die Aussicht mit Blick auf die Brücke und die Spree war hervorragend und mitunter sogar inspirierend.
Ich konnte dort einfach nur gut nachdenken oder den Blick nach innen richten. Im Sog der pulsierenden Hauptstadt gab es für

mich immer Aufträge. Es gab stets etwas zu recherchieren, zu bearbeiten, zu schreiben oder manchmal auch zu erfinden. Natürlich besaßen diese so genannten Erfindungen eine zumindest wirklichkeitsnahe Grundlage, ein Ereignis also. Doch die Hintergründe waren meine Spezialität. Mein Motto war geklaut: ´So frei wie möglich und so eng wie nötig.` Früher in der Schule ging es dabei immer nur um die Freiheitsgrade, die Art und Weise, wie übersetzt werden sollte. Den alten Spruch meines Lateinlehrers habe ich zu meinen Gunsten ein wenig verändert. Und diese Zeit war empfänglich, wenn nicht sogar sensibel, für die bürgerlichen Aussetzer, für gut gesetzte Endpunkte menschlicher Tragödien.

Es reichte nicht immer aus, darüber zu berichten, dass irgendein Bankdirektor Geldsummen veruntreut hatte und sei es, um sich –wie skandalös- kostspielige Gespielinnen oder Lustknaben unentdeckt zu halten oder sich ein kleines Privatnebenkonto in der Schweiz einzurichten. Nein, die Dimension musste eine andere sein. Der gute Mann war in der Verantwortung.

Wenn ich ihn außerhalb oder in fortgeschrittenem Stadion seiner Affäre innerhalb des Gefängnisses interviewen durfte, dann hatte ich bereits sehr vieles geschrieben –innerlich, sie verstehen!

Worum es ging, waren die Zwischentöne, der Mensch vor mir und seine Integrität, seine Selbstbezüglichkeit. Dieses Vorgehen ist weit unkomplizierter, als es den Anschein hat. Die Mischung machte es.

Nach außen hin war ich sehr sachlich, neutral, distanziert, eben professionell, doch innerlich war ich das komplette Opfer meiner Intuition und in gewissem Sinne auch einer dreisten Gier.

Der gute Bankdirektor saß wahlweise in einem Boot mit Aktienfälschern, mit internationalen Devisenschiebern, die aufgrund von undurchsichtigen Informationskanälen kurz vor der Abwertung einer bestimmten Währung in großem Stil Börsenspekulationen oder ähnliches betrieben.

Dabei konnte ich ganz gut jene Summen, die ihm zur Last gelegt

wurden, noch einmal um einen hypothetischen Faktor X erhöhen.
Er konnte auch an Auslandsanleihen beteiligt gewesen sein,
deren Zinsversprechen astronomisch war, was in dieser Zeit keineswegs selten vorkam.
Ein kleiner Schaden für das Deutsche Reich, auf das der Skandal
einen wohligen Schatten des ruchlosen Versagens warf.
Warum in aller Welt denn nicht? Ich wusste genau, wie sich die
deutsche Seele unter solchen Reportagen duckte. Regression hat
in Deutschland eine stabile Tradition.
Wenn die Bevölkerung das spürt, dann wird sie kollektiv verhalten wütend, zunächst. Es keimt der zarte Schrei nach Vergeltung
und dann, dann beginnt es zu sieden. Ablenkung von sich selbst
kann ja so unterhaltsam sein.
Schuldverschreibungen platzierte ich gerne ins königliche
Bulgarien, nach Uruguay oder Britisch-Honduras, um nur einige
Staaten zu nennen. Solche Länder boten der Masse einen exoti-
schen Nimbus. Hierzulande hielten sie die Sehnsucht nach der
Ferne fantasievoll aufrecht und wurden so zum unerreichbaren
Objekt deutscher Sehnsuchtsprojektionen. Der Pawlowsche
Reflex und die kollektive deutsche Selbstkonditionierung arbeite-
ten wie immer zuverlässig. Ein wenig schmachtende Entrüstung
hat noch keinem geschadet. Das verkauft sich sehr gut, wenn es
sehr gut und nicht so sehr anstößig gemacht ist. Akzeptierte
Grenzwertigkeit eben.
Mit dieser Art von Kreativität gestaltete ich meine Arbeit glaubwürdig und auf eine fabulöse Art überprüfbar. Obwohl ich es so
ganz nie selber verstanden habe, ich meine in einem rationalen
Sinne, es funktionierte zuverlässig.
Leon. Leon hatte viel riskiert, um mich zu besuchen. Andererseits
hielt sich das Risiko in gewissen Grenzen, da die auch bautechni-
sche interessante Jannowitzbrücke zu den Verkehrsknoten der
Berliner Innenstadt gehört; hier kreuzen sich vier Verkehrswege
auf unterschiedlichem Niveau: die Untergrundbahn der Linie 8,
die Spree als Wasserstraße, der Auto- und Fußgängerverkehr im

Zuge der Brückenstraße zur Alexanderstraße und schließlich noch die Ost-West-Verbindung der Stadt- und Fernbahn. Bei Bedarf, sprich Gefahr, hätte Leon leichter unerkannt entkommen und abtauchen können. Überdies hatte er Glück, denn ich war gerade im Büro und brütete über dem schieren Nichts. Entsprechend erschreckte er mich durch sein plötzliches Auftauchen zu Tode, gleichzeitig war meine Freude groß. Ich spürte sofort, dass er nicht zum Plaudern gekommen war. Wir sicherten eher halbherzig durch die beiden Fenster, die im rechten Winkel zueinander nach Westen zur Spree und nach Süden zur Ifflandstraße lagen. Er sah mitgenommen aus, wie man so sagt, wenn ein Mensch etwas mattere Augen und um dieselben einen hellen, krankgelben Faltenwurf hat. Ich machte Kaffee.

Leon war ein groß gewachsener Mann, hatte aschblonde Haare und blaue Augen, weiche und dennoch energische Gesichtszüge. Auch in seinem momentanen Zustand war seine gesamte Erscheinung die eines Lebensbornkandidaten, den man frisch aus dem Bestellkatalog für rassisch einwandfreie germanische homo sapiens hätte kaufen können, falls es so etwas Gruseliges je gegeben hätte. Zudem sprach Leon ein so apartes Deutsch, dass man seinen Modulationen und seiner überaus klaren Aussprache stundenlang hätte zuhören können. Spätestens seit Leon wusste ich, dass Deutsch nicht nur eine der ausdrucksstärksten, sondern auch eine der schönsten Sprachen der Welt war.

Er war ein Einzelkind. »Mein Lieber, ich bin ein Alleinikov.« Leon war mein bester Jugendfreund und wie ich gebürtiger Randberliner, wurde zwangsweise mutiger Emigrant, lebte in Birmingham, wo er ebenfalls journalistisch tätig war; mittlerweile war Leon britischer Staatsbürger.

Schatten an der Wand, geworfen von Symbolen, die über das ganze Land verteilt waren. Schon 1934 hatte Leon erkannt, dass sich in Deutschland mit nichts auf der Welt vergleichbare Dinge ereignen würden. Seine Eltern lebten noch in Berlin. Ihr Credo lautete: ´Wir bleiben`! Zu spät wollten sie nach Palästina. Mit dem

Zug bis Aachen, dann auf verhuschten Wegen, zu Fuß, an der Rur entlang und mit verschiedenen wohl wollenden Lastkraftfahrern via Roermond nach Rotterdam. Dort erhielten sie jedoch keinen Transfer nach Palästina, auch nicht in die USA oder nach Kanada. Mit dem Schiff konnten sie entlang des Ärmelkanals nach Caen, per Bus nach Le Havre und in diversen Zügen über das baskische Bayonne und Hendaye nach Lissabon, von wo aus sie Leon erneut eine Nachricht zukommen ließen, in der es lediglich hieß, sie seien in der portugiesischen Hauptstadt wohlbehalten angekommen.

Leon's Eltern waren keine Zionisten. Sie waren noch nicht einmal religiös. Weder fanden sie es sinnvoll noch richtig, nach Jahrhunderten, die ihre Vorfahren in Deutschland gelebt haben, plötzlich in den Regenwald, die Wüste, an den Nordpol oder sonstwo hin auszuwandern. Neben der Familie galt ihre Liebe dem Land in dem sie lebten - und dessen Kultur. Sie flohen als Menschen mit dem klaren Lebensgefühl und dem ausgeprägten Selbstverständnis, sehr deutsch zu sein. Es war sicher, dass ihnen die Alijah, wie die Einwanderung nach Palästina genannt wurde, aber auch gar nichts sagen würde. Gelobtes Land in der Wüste? Neben der Trockenheit gab es dort eine restriktive britische Autorität und arabische Beduinen sowie einige interessante Spinner. Was sollten sie dort? Deutschland: das war hier!
Aus Palästina oder sonst woher fehlte jede Mitteilung von Frau und Herrn Bronfenbrenner. Leon mochte Europa sehr und konnte sich, wie er sagte, nicht vorstellen, als eine Art Wüstenbewohner den Rest seines Lebens in Palästina zu verbringen. Seine illegale Einreise nach Deutschland hatte der Kerl mit einem gefälschten deutschen Pass gemeistert. Wäre er auffällig geworden, hätte die Ordnungspolizei oder später die Gestapo Leon Bronfenbrenner sicher mit Freuden in eines der Konzentrationslager verfrachtet.
»Aus so krummem Holze, als woraus der Mensch gemacht ist, kann nichts Gerades gezimmert werden.« Ich frage: Was hätten die überlegenen Kulturservizen im zeitgenössischen Deutschland

wohl mit Kant gemacht? Er, vertrieben, ohne Gehör zu finden und somit ohne jeden Einfluss: Wäre er aus Königsberg heraus nach Norden gewandert, durch das Samland, links und rechts die alten Schauplätze ernsthafter Auseinandersetzungen zwischen den pruzzischen Ureinwohnern und den ersten Deutschsprachlern, den Tempelrittern? Sein Weg würde ihn an die Bernsteinküste führen; wahrscheinlich nicht zum sammeln der Preziosen. Dabei weiß ich noch nicht einmal, ob dieser Kant überhaupt schwimmen konnte. Andererseits war Selbstmord für ihn ein Verbrechen. Hätte Herr Kant Widerstand geleistet? Egal, denn in diesen Tagen wurde Nietzsche ohnehin mehr gelitten. Ist die Frage, was denn mit Kant geschehen wäre, auch schon deswegen unkomisch, weil launenhaft hypothetisch, so will ich doch sagen, dass wir neben dem Schönen, den vielen schöpferischen Menschen im Land, dem zweifellos interessanten Aufbruch der letzten Jahre gerade in der Kulturszene auf ein Dilemma zu steuerten, mit dem wir oder jedenfalls diejenigen, die das deutsche Fahrzeug nicht rechtzeitig verließen, ungebremst gegen die Wand fuhren. Viele Menschen machten es so wie Leon's Eltern, allerdings frühzeitiger. Für den durchschnittlich aufmerksamen Deutschen wurde das alles sichtbar; spätestens jedoch in der eigenen Umgebung, der Nachbarschaft oder in den Medien.

Jetzt war Leon hier, er hatte sich den zweiten Stuhl geholt, sich gesetzt und sah mich an. Seine Schultern hingen ein wenig plump nach vorne.

Der Mann machte einen wirklich müden Eindruck. Er wolle mir nicht weiter sagen, wo er gerade herkomme, und wohin er gehen werde. Die Schergen unseres Landes durften keine Handhabe gegen mich haben, und sie sollten mich nicht unter Druck setzen können. In diesen Zeiten war die Arbeitserlaubnis, schneller weg, als man wahrhaben wollte, selbst bei guten Beziehungen. Über ärgere Repressionen nachzudenken, verbot sich aus Gründen des Selbstschutzes von alleine. Wie sonst bitte sollte man den Alltag bewältigen? Wir nippten an dem Kaffee und schwiegen.

Ich fragte ihn, ob er etwas Neues von seinen Eltern wüsste. Irgendein zeitnaher Hinweis vielleicht, der ihm Gewissheit gab.

Leon schaute mich kurz an, blickte aus dem Fenster, und dann fragte er mich unvermittelt, ob ich denn wüsste, was mit Leningrad los sei. Ich verneinte und fragte forciert zurück, was denn mit Leningrad los sei.

»Kennst du die geografischen Gegebenheiten Leningrads?«, fragte er mich. Ich nickte kurz und erwiderte, dass es den riesigen Ladogasee im Norden, die Ostsee im Westen und etwas weiter im Südosten, die Waldaihöhen gäbe. »Schon ganz gut, mein Lieber;« Er blickte auf: »Schulwissen, aber ansonsten, genau, so sieht es aus. Nur den Peipussee hast du noch vergessen.«

Er entrang sich ein unechtes Lächeln. »Ja, aber das beschreibt nur den Großraum um Leningrad. Doch viel entscheidender ist die Karelische Landenge, auf der die Stadt liegt. Das Gebiet südlich der Stadt hat die deutsche Wehrmacht ohnehin schon zu ihrem Schlafzimmer auserkoren. Und jetzt riegeln sie die Millionenstadt ab. Sie haben einen nahezu perfekten Ring geschlossen. Wenn nichts geschieht, dann wird Leningrad nicht einfach nur fallen: Leningrad wird verhungern. Nach Allem was ich weiß, wird wohl der letztere Fall eintreten.«

Leon kam zur Sache. Er bat mich eindringlich, diesen Ring um Leningrad zu dokumentieren, am besten international, geradeso, als wäre ich ein Beauftragter des Vatikans, dem ohnehin keine Macht der Erde etwas anhaben könnte.

Ich fühlte mich unterspült, wie Treibholz, so, als müsste ich jeden Moment kollabieren; egal wie, die Hauptsache war, dass ich es tat, denn ich brauchte jetzt ein körperliches Pendant zu dem, was Leon da von mir forderte. Sein Anliegen glich einer Urgewalt, war mit nichts vergleichbar als einer Begegnung mit Tyranno Saurus Rex oder einem Flug zum Mond, ein ganz und gar überwältigendes Ereignis. Das Schlimmste jedoch: Leon hatte etwas in mir getroffen. Er hatte einen Schalter gefunden und ihn umgelegt. Offenbar kannte er meinen Hang zur Unbescheidenheit und meine talentierte Unvernunft gut. Da ich mich selbst noch besser kannte, beschloss ich mich zu wehren.

Ich schaute ihn an und sagte: »Mein lieber Leon, ich gehe also hin, um das zu dokumentieren, was niemand außer dir und jetzt mir sowie einigen zehntausend Wehrmachtsangehörigen weiß. Und unsere Konzernführung und die Riege darunter will ich auch nicht vergessen. Was stellst du dir vor? Winke, winke, hallo und guten Tag ...«

Mit einer schwachen Geste hob Leon seine Hände und schaute mich betrübt an. »Natürlich, du hast Recht, es ist nicht möglich. Aber ich habe gedacht, ich ... nur du bist meine einzige Hoffnung. Soll ich dir aufzählen, wieso ...?«

Ich winkte ab, und Leon fuhr fort. »Wir müssen zeigen, wozu dieses Land fähig ist, denn ich glaube keine einzige Sekunde daran, dass die Generalität und die, wie du sagst, Konzernführung von Deutschland, auch nur zögern wird, Leningrad den Garaus zu machen. Wir können doch nicht bei Allem nur zuschauen.«

Leon begann zu weinen, leise und leidvoll. Habe ich ihn jemals weinen gesehen?

Pathos:

Auch die Seele mit ihren versammelten Befindlichkeiten hat, wie der menschliche Unterkörper, einen Schritt. Genau dorthin hatte Leon soeben mit seiner Bitte hingelangt. Viel lieber wäre ich nach Italien gegangen, oder warum nicht in den Vatikan, jedenfalls in eine entkriegte Gegend, mit stillen Flecken zwischen Gebirge und Meer. Dorthin, wo weiße, heitere Schäfchenwolken, Wein, Oliven, Lavendel und Zitrusfrüchte, wo würziger Pinienduft das menschliche Leben dominieren. Soviel lieber!

Seit einiger Zeit besaß ich ein kleines, aber leistungsstarkes Funkgerät. Beruflich hatte es mir gelegentlich gute Dienste erwiesen. Da wir beide nicht wussten, wie sich die Situation im Einzelnen entwickeln würde, vereinbarten wir, dass ich ihm in unregelmäßigen Abständen Informationen als Funksprüche zukommen lassen sollte. Natürlich kannten wir einander nicht, nie gesehen und so weiter. Bis auf den gemeinsamen Code und die wechselnden Frequenzen war ich auf mich alleine gestellt.

Bei dieser Arbeit stand ich sowieso mehr in meinem Grab als daneben. Als Leon fort war, hielt ich in der Hand ein richtig dickes Bündel Reichsmark, um die laufenden Kosten abzudecken.

***

Ich wurde vorsichtig tätig, hörte mich um, überwiegend in Berlin, traf Leute, gegen Bezahlung natürlich, alles fast schon konspirativ. Ich kam mir vor wie einer, der eine Revolution anzetteln und das Staatsoberhaupt töten will.

Zu meiner Verwunderung konnte ich mich über die Menge an Informationen nicht beklagen. Die meisten waren zwar nicht verwertbar, aber erstaunlich genug war die Tatsache, dass auch einige Dunkelmänner über die Vorgänge an den Kriegsfronten außergewöhnlich gut im Bilde waren.

Was aber viele Deutsche wussten oder wissen konnten war:

Seit dem 22. Juni 1941 hatten wir die Kontrolle im Osten und standen bereits drei Monate später vor Leningrad und auch nicht mehr allzu weit von Moskau entfernt. Nachdem Leningrad seit dem 08. September 1941 nun als ´eingeschlossen` galt, erhielt ich die Information, die sich auf eine ´Geheime Weisung Ia 1601/41` des Oberkommandos der Wehrmacht bezog.

Die Weisung war auf den 23. September 1941 datiert. In ihr werde der Entschluss Adolf Hitlers verfügt, Leningrad durch Aushungern vom Erdboden verschwinden zu lassen. Zu viele Esser in Leningrad! Die Vernichtung sollte aus der Luft erfolgen. Und zwar zu einem von ihm höchst persönlich bestimmten Zeitpunkt.

Den Hinweis auf Hitlers barbarischen Plan hatte ich von einem SS-Obersturmbannführer erhalten. Demzufolge wollte Hitler seine schnellen Panzerverbände zur Eroberung Moskaus abzweigen und die Stadt der historischen Oktoberrevolution durch eine

Hungerblockade vernichten. Mag sein, dass dieser Mann, den ich in Prenzlau traf, wie so mancher aus der Riege der ansonsten kaltschnäuzigen SS-Oberen, dem Morphium zugetan war. Vielleicht wollte er sich mit der Weitergabe dieser brisanten Information an jemandem rächen. Oder er hatte er Ehrenschulden. Doch auch SS-Angehörige waren gegen menschliche Idiotie nicht gefeit. Ich habe nicht nach seinen näheren Umständen gefragt. Ich gab, und er nahm das Geld.

Mich überkam ein Schwindelgefühl. Leon hatte recht. Mit fieberndem Hirn setzte ich diese Nachricht an Leon und die Gruppe, mit der er zusammen arbeitete, ab. Nun war es auch für mich eine Tatsache. Dreikommadreimillionen! Menschen!

Das europäische Ausland musste unbedingt über die unterschiedlichen geheimen Nachrichtendienste mit diesen und anderen Informationen versorgt. Besonders London war die Synapse schlechthin, in der die meisten Informationen wie Erregungsimpulse eintrafen und verarbeitet wurden. Auch die inoffiziellen deutschen Kommunikationskontakte liefen heiß. Die Wehrmachtsteile, die am nordrussichen Abschnitt standen, konnten Hitlers Entscheidung nicht nachvollziehen. Dann das: In einem offenen Funkspruch des deutschen Truppenteils, der in dem Lenigrader Vorort Krasnogwardejsk stand, meldete General Hans Reinhardt den Unmut seiner Männer nach Deutschland, dass vor ihnen jetzt Leningrad liege, und niemand sie daran hindern werde, die Stadt einzunehmen.

Auch diese Situation meldete ich an Leon.

Ein undatierter Tagebucheintrag von Propagandaminister Joseph Goebbels: »Die Truppe schreit im Chor: Wir wollen weiter vor!«
Was nun mit den Leningradern geschehen sollte, darüber machte sich vorerst noch niemand ernsthafte Gedanken. Ein Völkermord war zu diesem Zeitpunkt nicht tatsächlich geplant.
Jedoch nahmen erste Vernichtungsfantasien hier ihren unbestimmten Ausgang.

In den von der deutschen Wehrmacht besetzten Gebieten war eine Assimilierung der passenden Bevölkerungsteile bereits grundsätzlich geplant. Doch das ´Umvolken zum Nordischen`, wie der Vorgang offiziell bezeichnet wurde, das hatten die NS-Potentaten und leitenden Rassenideologen im Falle Leningrads nicht bedacht.

Joseph Goebbels am 12. Juli 1941 in seinem Tagebuch:
»Man kann auch gar nicht sagen, was aus diesen riesigen Millionenansammlungen in der nächsten Zukunft werden wird. Ich sehe eine Katastrophe herannahen, deren Ausmaße noch gänzlich unübersehbar sind.«
Trotz Hitlers Befehl, dass kein deutscher Soldat Leningrader Boden betreten dürfe, hatte der sowjetische Oberbefehlshaber der Leningrader Front, Marschall Woroschilow, die Leningrader zu einem Volksaufstand aufgerufen, falls die Deutschen einen Stiefel in die Stadt setzen sollten.
Die Belagerungsstrategie an sich war Vernichtungspolitik. Deren Instrumentalisierung hatte für die deutsche Seite einen ausschlaggebenden Vorteil: Massenmord durch bloßes Nichtstun; einem Genozid fast vergleichbar.
Goebbels sprach in seinen Tagebüchern die rein taktische Instrumentalisierung von Marschall Kliment Woroschilow Appell offen aus. »Wir haben«, notiert Goebbels am 23. August 1941, »ein Interesse daran, Marschall Woroschilows Aufruf möglichst sehr weit zu verbreiten, da wir somit ein Alibi bekommen für das furchtbare Schicksal, welches dieser Stadt droht.« Wenige Tage später, am 05. September, notiert er:
»Es macht uns einige Sorge, wie dieses Stadtdrama vor der Weltöffentlichkeit gerechtfertigt werden soll. Die Bolschewisten sind uns ja weitgehend entgegen gekommen. Sie selbst haben es in die Welt hinaus posaunt, dass sie die Absicht haben, diese Stadt bis zum letzten Mann zu verteidigen. Sie haben sich also auch die Folgen zuzuschreiben! Wir geben nur noch ein Flugblatt heraus,

das von unseren Fliegern über Leningrad abgeworfen werden soll und in dem der Stadt ihr wirklich grauenhaftes Schicksal vor Augen gehalten werden wird. Dieses Flugblatt veröffentlichen wir in der Auslandspresse ebenso wie in unseren Rundfunksprachdiensten, und wir verschaffen uns damit für Alles - ich sage Alles - was kommen wird, ein wirksames Alibi.«

***

Ich war wie betäubt, denn das war meine Aufgabe. Falls ich jemals geglaubt haben sollte, dass dies alles nur eine Art von Unterhaltungsprogramm und lässiges Abenteuer eines leichtsinnigen Journalisten sein würde, so musste ich jetzt nicht nur die Urgewalt der Tatsachen akzeptieren, ich erkannte im eigentlichen Sinne des Begriffes ´Erkenntnis`, was es heißt, sein Leben aufs Spiel zu setzen.

Zu diesem Scherbengericht hatte ich mich quasi selber eingeladen; doch jetzt war ich in den Fängen gnadenloser Mitmenschen, war Bestandteil einer absolut unerbittlichen Maschinerie. Sie würden keine Miene verziehen, wenn ich zu ihnen ging und sagen würde: »Ach hört mal Jungs; war doch alles nicht so gemeint von mir. Eine kleine Unüberlegtheit, wisst ihr! Jeder macht doch Fehler. Das hier ist meiner. Also, Spaß beiseite, wann und wo geht denn der nächste Flieger heim ins Reich ... hahahahh«.

Dabei würde ich einen Blick in die Runde werfen. Ihre Blicke schnitten mir jetzt schon ins Fleisch, nur ihre Blicke. Ganz egal, ich wusste genau, ich würde die Aufgabe unter keinen Umständen durchführen. Ich verspürte einen nie zuvor gekannten Drang in meinen Gedärmen.

Alle Zeichen standen bei mir schon jetzt auf Flucht. Ich fühlte mich innerlich leblos, gleichzeitig aber rannte in mir eine Kraft gegen die Rippenbögen, meine Eingeweide wurden aus ihrer Lage entfernt und meine Augen fielen mir vor lauter Erregungsschwindel aus dem Kopf. Andererseits: Ich könnte ja dieses

Flugblatt aufsetzen. Ich muss doch deshalb kein moralisches Fass aufmachen. Einfach die Perspektive ändern, schreiben - fertig. Obwohl ich hier mit dem Teufel paktiere, habe ich mehr Möglichkeiten als je zuvor. Alles von oben bestätigt und gedeckelt. Ich schreibe, einen Kaffee neben mir auf dem Tisch, und denke in unterschiedlichen Szenarien, analytisch, konzentriert, kalt berechnend, genüsslich, schwadronierend, albern. Warum nicht? Was gingen mich denn die Leningrader an, was die deutsche Wehrmacht und überhaupt, was gingen mich die anderen Menschen an? Von mir aus sollen sie alle in die Hölle gehen, krepieren. Ein befreiendes Gefühl? Mitnichten.
Was habe ich getan, was mir eingebildet. War ich etwa verrückt, ja? Nein, ich war nicht verrückt, ich verlor nur die Kontrolle.

Im September 1941 begann schließlich die Belagerung von Leningrad, die, wie ich viel später erfuhr, etwa neunhundert Tage andauern sollte. Es ist schwierig und eigentlich auch müßig, den genauen Tag zu bestimmen. Wichtiger ist, dass die Menschen ihre Lebensmittelkarten nicht eintauschen konnten. Die Geschäfte waren ja leer. Das wenige Brot, das sie unter günstigen Umständen ergatterten, verdiente kaum den Namen. Es bestand zum größten Teil aus Zellulose oder Sägemehl. Auf den blitzartig entstehenden Schwarzmärkten verkauften die Menschen ihr ganzes Hab und Gut für einen Laib Brot. Motto: Tausche Fahrrad gegen ein Stück ehemalige Schwarzerle oder Birke.
Nein, die Leningrader kapitulierten nicht. Und das, obwohl ihre Vorräte rasch aufgebraucht waren. Von Nordosten war eine Versorgung zwar über den riesigen, zugefrorenen Ladogasee, über die ´Straße des Lebens`, bedingt möglich. Aber was heißt schon Versorgung? Im Tagesdurchschnitt zählte das deutsche Oberkommando mit unnachahmlicher Häme einen einzigen Lastkraftwagen, der Nachschub für die Millionenstadt brachte.
Von den Sinjawino-Höhen, einer reinen Feuerstellung, konnten sie auch noch diese verzweifelten Bemühungen aus bedrohen.

Die Katze spielt selbst dann noch mit der Maus, wenn diese schon mit offen gerissenem Rücken blutend und auf drei Beinen nur nach einem allerletzten Schlupfloch sucht.

Und der Mensch, dieses naturhafte Kulturwesen? Ist Kultur nichts weiter als willkürlich gedrechselte Dressur, die für das Notwendigste im menschlichen Zusammenleben sorgt? Jedenfalls brach für die Menschen, vor allem im ersten Blockadewinter, ein beispielloses Martyrium an.

Am Ausfluss der Newa aus dem Ladogasee liegt eine kleine Stadt mit dem hübschen Namen Schlüsselburg, das für die Belagerung von Leningrad eine sprichwörtliche Schlüsselposition einnimmt. Peter der Große hatte die Festung 1702 nach einem zehntägigen Bombardement von Schweden zurück erobert. Er gab der Festung den deutschen Namen Schlüsselburg, wohl weil er sie als eine Art ´Schlüssel` zur Eroberung Finnlands ansah. Oh, welch eine Ironie des Schicksals! Zwar versuchte die 42. sowjetische Armee unter General Iwanow die kleine Stadt wenigstens zu halten, aber gegen die von General Zorn angeführte und schier übermächtige deutsche 20. Infanteriedivision, war sie chancenlos. Schlüsselburg wurde erobert. Damit war Leningrad von allen Landverbindungen abgeschnitten. Das Katzenspiel konnte beginnen!

Naturgesetz, tabula rasa, in ihrer Verzweiflung aßen die Leningrader bald alles. Sie kochten Lederriemen, machten Sülze aus Tischlerleim oder kratzten den Kleister von den Tapeten. Solche Experimente hatten mitunter einen tödlichen Ausgang. Die aus Senfkörnern zubereiteten Plinsen waren so scharf, dass sie den Ausgehungerten die Därme zerfraßen. Hunde und Katzen landeten in den Töpfen, Kaninchen, Pferde, blanke Erde, Spatzen und Ratten und manche aßen auch Menschenleichen. Ich hatte hoch auflösende Fotos von Aufklärern gesehen, die einem als Alptraum für zehn Leben reichten. Ansonsten kannte ich diese Situation ja nur vom Hören-Sagen.

Eines Tages sah ich in der Offiziersmesse zwei SS-Offiziere, die sich angeregt unterhielten, wobei sie immer wieder Blicke auf einen flachen Papierstoß warfen.

Als sie mich sahen, lachten sie auf und wedelten mit den Papieren. Es waren Kopien, eine Art Dossier. »Da sieht man es wieder: Barbaren, allesamt Barbaren, diese Russen. Hier lesen sie selbst.«, sagte einer der Beiden. Wie alle in dieser Einheit war auch er höflich und korrekt. Er stand auf und gab mir nachdrücklich die Seiten. »Darüber, mein Lieber, sollten sie schreiben. Berlin, das Reich, Europa, die ganze Welt soll es erfahren. Ist ja widerlich.« Es war eine Geheimakte des Sowjet-Geheimdienstes NKWD. Sie trug die Kennung SO-2583. Während ich las, bewegten sich meine Lippen leicht, so als wollten sie das Gewicht des Gelesenen nicht alleine dem Luftzug überlassen, der beim Ausatmen entstand: »Frau Ewdokija Wodjanikowa, vierundzwanzig Jahre alt. Beschuldigt und überführt, ihre erst einjährige Tochter erstochen zu haben, um mit deren Fleisch ihre zweite, dreijährige Tochter zu füttern. Verurteilt am 04. Dezember 1941. Tod durch Erschießen.«

Nachts hatte ich dann die furchtbarsten Träume. In denen suchten nach Mitternacht wild gewordene Schwarzmarkthändler und dunkelgesichtige, unmenschliche Wesen mit den Holzwagen, die von klein gewachsenen russischen Pferden gezogen wurden, die Straßen Leningrads nach Leichen ab, um sie dann am nächsten Tag, handwerklich gut gemetzgert, der hungernden Bevölkerung anzubieten. Oder, es hatten sich deutsche Soldaten klammheimlich in die Stadt gestohlen, wo sie in best angepasster Camouflage Erschießungsopfer an die boshaftesten Händler gegen echt Wertbeständiges verhökerten.

Aber ich bemühte mich um einen nüchteren Blick und funkte weiter an Leon, wissend, dass ich mich zwischen Leben und Tod befand. Ich sah meine Flucht voraus, denn dass ich diesen Irrsinn hier keinesfalls lange ertragen konnte, war mir sehr klar. Gott ist tot, sagte auch ich mir; aber so wie die Art des Menschen ist, wird es vielleicht noch jahrtausendelang Höhlen geben, in denen man seinen Schatten zeigt, wie Nietzsche einst sagte. In dem Sinne hat die deutsche Höhle ganz sicher auch etwas von einer Hölle.

***

War es Leon's Bitte oder bin ich lediglich einer inneren Stimme gefolgt? Wer weiß, ich jedenfalls weiß es nicht! Ich bin so ein Menschentyp. Ich bin mir nicht sicher; vielleicht dachte ich in meinem Leichtsinn, es könnte so dramatisch schwierig nicht sein. Auf nach Russland, gehe über die Ebenen Polens nordwärts den kurländischen Sandhügeln nach, und du landest hinter den lettischen und estnischen Sümpfen im schönen Leningrad. Obwohl, Sankt Petersburg klingt besser. Die Eremitage erwartet deinen Privatbesuch. Zappzappzarapp ... Nevsky-Prospekt, ich komme.
Ein gut aussehender, ja, charmanter Tunichtgut, mit allen Wassern gesegnet, naiv bis gelegentlich skrupellos und ein bisschen erfolgsverwöhnt. Links und rechts gedeihen dann, genau, das gelbe Korn, sowie Wildblumen überall. Und der Duft von freundlich harmlosen Abenteuern sprießt aus allen Wolken. Gelegentlich winkende Balten und später dann Russen. Alter Schwede, du ... Fahre nur einfach los mit deinen wohl manikürten Händen, und der Weg öffnet sich dir von ganz allein. Mit einiger Anstrengung wäre es keineswegs unrealistisch, und es würde mir sicher gelingen, von hochoffizieller Stelle das richtige Papierchen als Türöffner zu ergattern. Vielleicht würde es so funktionieren: »Jawohl, Herr Gruppenführer! Natürlich, selbstverständlich ist die Goebbel'sche Informationspolitik untadelig und versorgt die deutsche Bevölkerung mit wahrheitsgemäßen Informationen über die vorzüglichen deutschen Leistungen und der diesen zugrunde liegenden deutschen Hochkultur. Und natürlich soll diese Politik der breiten Information aus einem Guss sein und keine Konkurrenz bekommen. Wer bin ich denn, ich bitte sie, dass ich sie überhaupt darauf hinweise? Aber sie verstehen, wie ich

120

dies meine, Sie verstehen meine Absicht? Sehr richtig, es ist mein Metier. Aber ja, in bester Absicht, selbstverständlich nur in allerbester Absicht! Nein, Herr Gruppenführer, aber gelegentlich berichten gut informierte Kreise, dass so mancher Volksgenosse leise Zweifel hegt und was noch weit schlimmer ist, sie auch verbreitet. Zum Beispiel die Meldung in der Wochenschau. In der blicken unsere freundlichen und stets frischen deutschen Landser in die Kamera oder ziehen sie dergestalt an ihr vorüber.

Nun, manche unserer Volksgenossen fallen diesen Bildern geistig-moralisch in den Rücken, indem sie wider bessres Wissen behaupten, die deutsche Wehrmacht gehe mit großer Brutalität nicht nur gegen gegnerische Streitkräfte sondern auch gegen die Zivilbevölkerung vor.

Ein, wie ich meine, ganz und gar unhaltbarer Zustand, welcher der dringenden Korrektur bedarf. Diese Korrektur zu erbringen bin ich in vollem Umfange bereit ... *patatipatata* ... und im Übrigen willens, das Ansehen Deutschlands nach außen authentisch positiv zu zeichnen.

Gruppenführer, dies gelingt mir gewiss dann am besten, wenn ich die völker- und menschenrechtlichen Aspekte des Krieges einmal aus unserer deutscher Sicht zeigen darf.

Etwa die Aktionen der deutschen Verbände und Einheiten, welche die wirklich abscheulichen Folgen des rein auf Pogrome angelegten Sowjet-Kommunismus zeigen. In enger Absprache mit und unter der fraglosen Kontrolle des Nachrichtendienstes, ... jawohl und selbstverständlich. Gleichzeitig, *(so mein hehres Ansinnen)*, wird hierdurch die avantgardistische Gefährlichkeit der bereits in die Praxis umgesetzten Ideen des Sowjetkommunismus demonstriert. Die Westmächte und überhaupt der Rest dieser Welt haben doch keine wirkliche Vorstellung dessen *(gedehnt und mit selbstgerechter, straffer Stimme)*, wozu die Machthaber, allen voran natürlich Stalin, im Kreml fähig sind. Gerade Churchill hat doch den Wagen der Kritik selber gegen die Wand gefahren, wenn ich das einmal so formulieren darf.

Kulturelles Heil in Zeiten der Krise ist doch wie ein Wunder, ist etwas Schönes. Deutschland sozusagen als Exporteur von caritativer und moralischer Überlegenheit im Dienst am russischen Menschen.

Das alles bitte ich Sie dringend zu berücksichtigen. Es sind, wie ich meine, gewichtige Argumente. Darüber hinaus möchte ich auf Folgendes hinweisen ...»

Während ich den Sermon an geeigneter Stelle weiter detailliere und mich wie selbstverständlich als glaubwürdiger Antragsteller für eine befristete Kriegsberichtssondererstattung verkaufe, verweise ich noch auf meine Erfolge als Journalist und meinen durchaus guten Ruf, der ... »Jawohl, ... wie ich sehe auch ihnen, sehr verehrter Herr Gruppenführer ...» und so weiter und so fort.

Ich muss ziemlich gut gewesen sein. Im Allgemeinen gehe ich wohl als räsonierter Deutscher durch. Nein, ich bin gewiss keine Riefenstahl, aber selbst mir gelingen gute Reportagen, für die ich, bei aller nötigen Bescheidenheit, durchaus nicht unbekannt bin.

Erfolg ist aber nicht linear oder seriell. Er baut sich auf, indem man sich gegen die eigene Bedeutungslosigkeit aufbäumt. Dieses ständige Streben nach diesen oder jenen Dingen. Wie hübsch es klingt, wenn jemand sagt, » ... es steckt in mir drin; ich kann gar nicht anders. Etwas drängt heraus aus mir.« Schön brav, diese Gutmenschen.

Ich sage mir, dass es sich keine menschliche Gesellschaft leisten kann, ohne ein Mindestmaß an krimineller Energie auszukommen -ohne jeden Zweifel. Aber was heißt schon kriminell? Wie vieles im Leben ist auch das eine Frage der Anschauung. Was wird vom Zufall regiert? Wenn man was erreichen will und letztlich gekonnt akzentuiert und mit starken Nerven die Unwahrheit sagt und dadurch Erfolg hat: Was ist man dann?

Ist der unmoralisch, kriminell, wer eine Chance hat und sie nutzt? Denken sie doch an Macchiavelli. Schließlich habe auch ich nur redliche Absichten. Man mag mir vorwerfen, dass ich mich gegen jede meiner Überzeugungen mit der Konzernleitung von Deutschland gemein gemacht habe. Dieser Vorwurf träfe mich umso mehr, da ich ihn nur unzureichend entkräften kann. Aber ich sehe mich keinesfalls als Maulwurf des Establishments. Ich meine das jetzt politisch, im weitesten Sinne. Andererseits ist mir ein bestimmtes Selbstverständnis abhanden gekommen. Ich habe ein recht gutes Gespür für das, was ich tun soll, aber ich bin mir nicht sicher, ob ich das Große und Ganze verstehe; ob ich in der Lage bin, tatsächlich über den Tellerrand hinaus zu blicken. Ich bin zu sehr mit meiner Anpassung beschäftigt. Zwar schwimme ich in allen möglichen Situationen wie ein Fisch im Wasser. Aber jetzt, es fehlt mir ein, wie soll ich sagen, ein Gefühl der Erfahrung für dass, was ich vorhabe, für den Sprung in das kalte Wasser. Tragweite und Konsequenzen gab es bisher immer nur bei den anderen. Ich weiß, dass dies wehrlos, schlaff und defätistisch ist. Ich bin, was das angeht, noch ein großes Kind.

Andererseits bitte ich um Verständnis; ich bin nämlich jetzt ein Überzeugungstäter, und zwar ganz im Sinne von Leon Bronfenbrenner: Erstmals in meinem Leben tue ich das Richtige.

Es beginnt mich von innen her auszukleiden. Und ich fühle mich wohl, trotz der nicht einzuschätzenden Gefahren.

In Berlin-Adlershof war die SS-Nachrichtenabteilung 1 untergebracht. Die Abteilung hatte sich auf Anfragen aus der gesamten medialen, politischen und ökonomischen Öffentlichkeit, auch der internationalen, spezialisiert. Ihr eigentlicher Auftrag war jedoch der, den maßgeblich von Obersturmbannführer Siegfried Leonhardt ausgedachten Verhaltenscode einzuhalten. Dieser war im Grunde primitiv, denn der gute Leonhardt hatte sich so etwas wie eine gesellschaftlich verlängerte Zahnpastareklame ausgedacht. Es ging um geschenktes Vertrauen, und die Menschen glauben machen, dass ´die Dinge soundso` seien.

Seine handverlesenen Mitarbeiter waren selbstverständlich in

Psychologie, Gesprächsführung, in der gesamten Beschaffung von Informationen, deren Manipulation und zweifellos - auch im Töten geschult. Sie alle sahen extrem tadellos aus. Eine Mischung aus auf modern getrimmte altmodische Höflichkeit, aber nicht zu seriös-distinguiert. Sie besaßen jugendlichen Charme, ohne wie ein Gigolo zu wirken. Eher war es die Richtung ´bester aller Schwiegersöhne`, so kurz vor der Überreichung des Doktortitels. Sie sahen blendend aus, groß, sportlich.

Jeder für sich besaß eine Ausstrahlung, die eloquent und mit Leichtigkeit positiv in die Öffentlichkeit ausstrahlte. Dass die meisten mehrsprachig waren, wenn wundert's? Einige dieser Herren hatten sogar in Filmen der UFA mitgewirkt. Es waren Kunstwesen, allzu natürlich und sympathisch, um real zu sein! Lächeln, immerfort lächeln, verströme deine Heiterkeit, und wenn es sein muss liebe Freunde, dann können wir auch auf Drama machen.

Menschen samt ihrer psychischen Defekte, versammelt im Haus der Extreme.

Wenige Tage später erfuhr ich postalisch, dass ich wirklich erfolgreich war. Noch am Abend desselben Tages erhielt ich einen Anruf aus jener Nachrichtenabteilung. Nachdem ich ebenso zügig wie scharf instruiert und komplett vergattert war, erhielt ich einen ´Durchgänger` zum nordrussischen Frontabschnitt. Es war ein Stück offizielles Papier, untrezeichnet von Dr. J. Goebbels. Ich erhielt einen gewissen Spielraum, wenn man davon absieht, dass ich einen Tagesstempelnachweis mit mir führen musste. Täglich musste ich mich bei einer exklusiv von Berlin-Adlershof autorisierten Nachrichtenabteilung melden, Bericht erstatten, so vorhanden, Belege meiner Arbeit zeigen, Zielsetzungen oder Absichtserklärungen abgeben und ähnliches. Ansonsten sah ich vorläufig keine weiteren Behinderungen. Neben besagtem ´Durchgänger` erhielt ich Rationsscheine für Benzin und andere Dinge und wurde mit einer kleinen Bargeldsumme ausgestattet. Außerdem wurde ich, wie es hieß, zur besseren Einpassung in die bestehende Hierarchie, zum Hauptmann des Heeres befördert. Ich gebe zu, dass ich soviel Entgegenkommen, welches selbst mir in gewisser Hinsicht naiv erschien, nicht erwartet hätte.

Von einem Nebenflughafen in Berlin-Tempelhof flog ich mit einer Transportmaschine der deutschen Luftwaffe nach Kolpino. Der Flughafen der kleinen Stadt lag nur wenige Kilometer südöstlich von Leningrad. In Kolpino existierte sogar eine Kolonie von Petersburger Deutschen, die seit vielen Generationen im Großraum von Leningrad Zuhause waren.

Der Fahrdienst schickte mir ein Motorrad mit Beiwagen.
Der Fahrer war ein SS-Angehöriger, der sich aber informell, wenn nicht gar lässig gab. Nach einigen Kilometern zügiger Fahrt über sandige Waldpisten fuhren wir auf eine Rodung zu, auf der eine kleine, klar gegliederte Siedlung zu sehen war. Sie bestand aus fünf z-förmig angeordneten Baracken. In unmittelbarer Nachbarschaft gab es einen See, in dessen Mitte eine kleine, von Krüppelbirken bewachsene Insel lag. Die beiden Hauptgebäude bestanden aus je zwei Baracken, die in der Mitte durch die fünfte zusammen gehalten wurden. Die Unterkünfte waren wegen des Untergrundes in einer niedrigen Ständerbauweise errichtet. Sie mussten winterfest sein, denn alles andere wäre nicht nur töricht sondern selbstmörderisch in diesem Teil der Welt gewesen.
Ich wurde von dem stellvertretenden Leiter des Informations-stabes, Sturmbannführer Wilfried Meyerling, wie ich fand, herzlich begrüßt. Natürlich wusste er, weshalb ich da war.
Erwartungsgemäß erzählte er mir nur wenig über die eigentliche Bestimmung und konkrete Arbeit dieser kleinen Einheit. Nach einem Willkommenstrunk und weiterhin freundlichen Worten zeigte er mir mein Zimmer. Ich packte meine Sachen aus, warf mich aufs Bett und wusste nicht, was ich von mir halten sollte. Ich war jetzt, wie in einem Traumflug, an der nordrussischen Front. Nils Holgerssohn wundersame Reise hatte ein Geschwister bekommen.

Ich war weder stolz auf diesen offensichtlichen Unfug, den ich mir eingebrockt hatte, noch verspürte ich zunächst so etwas wie Furcht oder zumindest Unsicherheit. Und von einer ernsthaft verantwortungsbewussten Einstellung zu all dem hier war ich soweit entfernt wie von Berlin. Die Wirklichkeit hatte mich längst überholt. Sehr schnell fühlte ich mich angreifbar, wehrlos und nichts wissend. Vor allen Dingen hatte ich nicht die leiseste Ahnung, was hier und mit mir passieren könnte, denn das Leben lief fremd bestimmt an mir vorbei; emotional war es jedenfalls nicht meines. Ich war mein eigener Zuschauer.

Ich ging hinaus und umlief, von Wachposten beäugt, das Z. Zwei der Gebäudedächer waren mit unterschiedlichen Antennen bepflanzt. Die Offiziersmesse war mein nächster und die kleine Fahrdienstmeisterei mein vorläufig letzter Anlaufpunkt. Dort stellte man mir ein Auto sowie Kartenmaterial für die kommende Zeit zur Verfügung. Eine Einschränkung wurde mir auferlegt: Das Fahrzeug durfte ich nur an den ungeraden Tagen nutzen. Auf die Frage weshalb, erhielt ich die lapidare Antwort: »Ist so.«

Es waren lauter freundliche Männer, denen neue Gesichter wie meines offenbar etwas Abwechslung brachten.

Ich kam mir vor wie in einem der Spionagefilme, in denen hochkarätige Mitarbeiter der jeweiligen nationalen Geheimdienste ministeriell zu Beratungszwecken abgestellt werden, um die Produzenten und Regisseure auf die richtige, sprich: eigene ideologische Denkspur zu lenken.

Damit der Stab, dem ich zugeteilt war, keinen Verdacht schöpfen konnte, hatte ich einen Inspiziertag nur für mich angesetzt. Im Journalistendeutsch hieß das Sondierung und Recherche.

Die Nachrichteneinheit, der ich zugeteilt wurde, war zwar mit modernster Technik ausgestattet, die ich natürlich nutzen konnte und - eigentlich auch sollte.

Doch ich hatte vor meiner Abreise durchsetzen können, dass ich mein eigenes Funkgerät mitnehmen durfte. Es war klein und handlicher als die stationären Tischpanzer. An einem solchen

Inspiziertag setzte ich mich in das mir zugeteilte Fahrzeug und fuhr los, ohne dass ich rechenschaftspflichtig war. Ich konnte mich nahezu frei bewegen, denn es gab ja hier keinen Frontverlauf mit aktiven Kampfhandlungen. Die Landschaft war nordisch, mit großen Kiefer- und fast noch größeren Birkenbeständen, mit zahlreichen Seen und unzähligen kleinsten und kleineren Wasserläufen. Darin eingebettet lagen Ansiedlungen und winzige Dörfer, in denen zu meinem Erstaunen Menschen lebten. Es war so irreal: Hier, diese schon beinahe friedvolle Landschaft und kleinen, anrührend schlichten Siedlungen; dort, nicht allzu weit, die Kriegsfront. Ich gebe zu, dass diese Situation auch etwas erregendes hatte. Schon nach drei ´Ausflugstagen` hatte ich so etwas wie Routine entwickelt. Meine Kreise wurden größer. Ich fuhr weiterhin durch Ortschaften, an Weilern vorbei, traf auf deutsche Einheiten, die auf Waldlichtungen Gefangene bewachten, streifte die Rückhut der Front und sah von einer der wenigen Anhöhen mit dem Fernglas auf die Stadt Leningrad hinab. Es war nicht viel, was ich erkennen konnte. Die Stadt war zu riesig. Selbst ein Überblick von einem dieser Hügel war unmöglich; Details waren erst recht nicht auszumachen. Dazu hätte ich große Fernrohre mit entsprechenden Brennweiten benötigt.

Ab und zu wurde ich, mehr unfreiwillig, Beobachter davon, wie Menschen von Wehrmachtsangehörigen erhängt oder erschossen wurden. Die Opfer waren zumeist Russen und wahrscheinlich auch Juden.

Hatte sie der Partisanenkampf zusammengeführt oder waren sie lediglich Opfer aufgrund ihrer kulturellen Zugehörigkeit? In Reichsdeutschland sprach man in diesem Zusammenhang immer von Säuberungen. Mitunter sah ich Feldjäger oder SS-Einheiten, die deutsche Soldaten in Gewahrsam hatten. Jedenfalls sahen die Festgenommenen von der Bekleidung her genau wie deutsche Soldaten aus. In diesen Situationen blieb ich im Fahrzeug sitzen oder fuhr maßvoll zügig weiter. Trotz Genehmigung aus Berlin war es zweifellos vernünftiger, unauffällig zu bleiben. Die gesamte Körpersprache der Feldpolizei und besonders der SS war eindeutig feindselig. Ab und an kam es zu Gesprächen mit den Angehörigen einer Rückhut. Und manchmal traf ich auf Spezialeinheiten von der vordersten Linie, die eine kurze Kampfpause genießen durften. Ich war da nicht zu leutselig, dabei dennoch loyal, verstehend, verbindlich; rhetorisch war ich angemessen ´auf Linie`. So erhielt ich neben allgemeinen ebenso individuell gefärbte Informationen. Die Erfahrung meiner bisherigen Tätigkeit war so etwas wie ein natürlicher Verbündeter. Sollten die offiziellen Stellen doch denken, dass ich hier ruhig und genau das, in Berlin besprochene, Programm abspulte.

Zwar sah man mich und guckte genauer hin ... na, ist doch gut so. Vielleicht wurde ich sogar beschattet. Welch ein Blödsinn, wenn man den Aufwand bedenkt. Die relevanten Stellen glaubten alles über meine Umtriebe hier zu wissen? Ja, warum eigentlich nicht! Wissen sie, vielleicht fühlte ich mich auch nur verfolgt, weil ich keinen soliden Boden unter meinen Füßen hatte. Dieses Gefühl hatte mich ja schon immer umgetrieben.

Ab und zu erhielt ich -ganz offiziell- Informationen darüber, dass in ´meiner Region` russische Partisanen und flüchtende Juden festgenommen wurden. War denn ewas anderes zu erwarten? Außerdem wurden Gerüchte kolportiert, dass auch flüchtige Wehrmachtsangehörige aufgespürt würden. Flüchtig wovor? Bei einer Stippvisite in einem größeren Standort wurde das Gerücht zur Gewissheit. Zu den meisten Feldlagern und Gebäudeensembles der Wehrmacht hatte ich so etwas wie abgestufte Zutrittsgenehmigungen. Bei manchen kam ich nur bis zum ersten Wachoffizier, die mir mehr oder weniger belanglose Informationen gaben. Bei anderen Einheiten durfte ich mich nahezu frei bewegen. Das System dahinter konnte ich nicht entdecken. In einem gewissen Maße war es sicher nur willkürlich. So entstand immer eine ´kommunikative Grauzone`, in der ich mit Wehrmachtsangehörigen oder SS-Mitgliedern sprechen konnte. Außerdem traf ich mich mit den Wachangehörigen, die für jene deutschen Soldaten zuständig waren; immer darauf bedacht, solche Treffen beiläufig aussehen zu lassen. Was schwierig genug war, denn um an Informationen zu kommen, musste es erst einmal eine Gelegenheit geben. Zeitweilig kam ich mir dabei vor wie in einem Pfadfinderspiel: wer die meisten Informationsbelege aus dem tiefen Wald mit zurück ins Lager bringt, der gewinnt. In der Nähe eines kleineren Standortes, der aus mehreren Holzgebäuden bestand, waren die Männer in einem eigenen Lager unter gebracht. Das Lager lag unter freiem Himmel, umgeben von einigen Mauern aus Stacheldraht. Die inneren und äußeren Einzeldrähte waren elektrisch. Die Wachen patrouillierten unter einem Vordach, welches das Stacheldrahtgeviert umgab.

Soweit ich es den Gesprächen zwischen den Wacheinheiten entnehmen konnte, wollten diese Soldaten keineswegs fliehen sondern im Gegenteil versucht zu bleiben. Das war für diejenigen, die davon wussten oder glaubten zu wissen, hochgradig irritierend. Besonders irritierend war das Motiv dieser Männer: Mit möglichst vielen ihrer Kameraden sprechen, um sie von der Tatsache der für sie inhumanen Belagerung von Leningrad überzeugen zu können.

Waren das etwa Kommunisten, Utopisten oder Selbstmörder? Was diese Männer taten, galt als Zersetzung der Wehrkraft und war eindeutig Hochverrat. Soviel war klar: Diese Soldaten erwartete das Todesurteil. Die einzige Frage war: wann, wo, wie und wer? Auch über dieses Deutschland und diese Deutschen sollte die ausländische Öffentlichkeit erfahren; so viel lieber auch über diese Deutschen ...

Mein Funkgerät und ich waren gute Partner. Wir fütterten Leon's London mit allem, was mir an die Ohren drang. Offiziell erfuhr ich über Leningrad nur soviel, dass die Wehrmacht weiter nichts unternehme, als abzuwarten und dass die Bewohner von

Leningrad und ganz besonders der erste Vertreter der Stadt, tatsächlich ´hoch erfreut über die Situation` seien, böte sich doch hierdurch die Gelegenheit, sich von Moskau stärker zu separieren. Sicher gab es Rivalitäten zwischen beiden Großstädten. Die Bolschewiken haben das damalige Sankt Petersburg als russische Hauptstadt aufgegeben und machten Moskau und den Kreml sehr bald zu ihrem strategischen Liebling. Dunkle Schatten auf die Geschehnisse in der belagerten Stadt warf allerdings auch das drakonische Durchgreifen des NKWD gegen Menschen, die aufgeben wollten. Ob verhungert oder von Stalins Geheimpolizei erschossen, wer weiß das schon. Das war die eine Tatsache; die andere war:

Die deutsche Armee hielt Leningrad im Würgegriff und die Millionenstadt bekam keine Luft mehr. Sie rang mit dem Tode. Offiziell berichtete ich an die zuständigen Stellen mit der üblich gewordenen, förmlichen Bitte zur Weiterleitung an die zuständigen Verteiler, nicht zuletzt an das deutsche Volk, wie edel die Haltung und das Vorgehen der deutschen Wehrmacht, der SS und aller sonstigen Schergen waren.

Inoffiziell war mir speiübel. Ich wurde für meine Arbeit gelobt.

***

Ich stehe politisch diffus links, bin weltanschaulich geprägt und halte es weiterhin damit. Aber mit Parteipolitik hatte, habe, werde ich nichts, aber auch gar nicht am Hut haben. Und NSDAP- oder Mitglied sonstiger Hasenstallpflegevereine, geschweige Verbrecherorganisationen bin ich erst recht nicht.

Schon ab April 1938 sprach sich im ganzen Reich schnell herum, dass besonders im Regierungsbezirk Aachen, aber nicht nur dort, Flugblätter erfasst wurden, die deutlich machen sollten, dass » ... neunundneunzig Prozent der Bevölkerung mit den Schandtaten gegen die noch im Reich verbliebenen jüdischen Deutschen nichts zu tun haben ... « wollten. Im selben Regierungsbezirk wurde ein weiteres Flugblatt sichergestellt. Es verwies im Zusammenhang mit den Zerstörungen der Synagogen auf den Reichstagsbrand und dessen Hintergründe, die jenseits der NS-Propaganda angesiedelt waren. Die Taten der Nazis, die sie anderen, angeblichen Tätern, in die Schuhe zu schieben versuchten, waren den Deutschen *(wer weiß schon wirklich wie vielen)* durchaus bekannt.

∗∗∗

Ich lebte zwischen Berlin und Potsdam in einem Ort namens Gross-Glienicke. Eigentlich war dieser Ort eher eine Art Waldsiedlung, die den Charme von überaus friedvollem Kiefernharzduft, Süßseewasseressenzen und aerosolen Cumulussommerwolken verströmte. Ich besaß dort Eigentum, ein Holzfachwerkbau mit ziemlich großen Fensterfronten. Zu dem Haus gehörte ein Kernobstgarten. Dessen Bäume waren schon älter als ich. Teils wie kernig gedrechselt, teils elegant aufragend, waren sie, was das Häusliche in meinem Leben anging, mein ganzer Stolz.

Mein Geld verdiente ich freiberuflich in Berlin und zog für meine Auftraggeber im ganzen Reich und gelegentlich im Ausland, meistens in Italien und in den Niederlanden, umher. Ich war arbeitende Radiostimme und Schreibender, hatte Spaß an meiner unverfänglichen Arbeit und konnte mein Einkommen stets würdigen. Geld war ohne Frage auch gedruckte Freiheit. Die beiden besten Fähigkeiten eines Autors, sagte ich mir, bestehen darin, neue Dinge vertraut und vertraute Dinge neu erscheinen zu lassen. Mein Vorbild war, wenngleich Fotograf und Bildjournalist, Erich Salomon. Seine Arbeit ist die Reportagefotografie.

Er, ebenfalls Berliner, ist, wie ich meine, derjenige, der die bislang verborgenen Wirklichkeiten aus Kultur und Politik dokumentierte, etwas vorher nie da Gewesenes. Vielleicht so etwas wie eine visuelle Anthropologie, die Psychologie der Kamera oder des objektiven Moments. Zweifellos ist Erich Salomon einer der bedeutendsten Fotografen unseres Jahrhunderts.

Nur nicht in Deutschland, seinem Geburtsland. Hier geht die Wirklichkeit ja wohl eher von dem Phänomen der so genannten ´moralischen Entrüstung` aus, welches so viele destruktive Elemente enthält und das dem Neid und den Hassgefühlen erlaubt, sich unter der Maske der Tugend auszutoben.

Von dem Grundsatz, dass die Würde des Menschen unantastbar ist, sind wir ähnlich weit entfernt wie ein Wal von der Wasseroberfläche. Das Tier taucht nur zum atmen auf. Notfalls werden solche hehren Grundsätze und Prinzipien der Staatsräson geopfert. Bis der Knebel am Hals zu eng wird, den Menschen die Luft abschnürt und sie revoltieren.

Ich sage es einmal so: In diesem Grundsatz verbirgt sich der immer neue und demokratisch konstituierte Versuch, die Brücke zwischen der Naturhaftigkeit einerseits und der Kulturfähigkeit des Menschen andererseits zu bauen. Kultur schafft Werte oder Hände weg von Kain? Wer weiß den Weg! Alles könnte so viel leichter sein, wenn es nicht wenn es nicht so verflucht schwer wäre!

Doch im Grunde ging es mir hervorragend, wie man so sagt. Es brummte in Deutschland, und ich muss gestehen, dass ich so etwas wie der Prototyp des pseudokritischen Zeitgenossen war. Aber ich wusste natürlich ebenso, dass ich nicht zweimal in denselben Fluss steigen konnte. Ich sagte mir also: Anpassung ist nur klug! Ganz sicher, ich war ein Opportunist, dessen Selbstverdunklungspotential aus steter Höflichkeit einer non-chalanten Weltfahrenheit mit klugem Lächeln, sowie einer modisch gepflegten Optik bestand. Gewiss, nicht viel. Andererseits reichte es völlig aus, um mich gewandt und gewinnend durch dieses Land zu bewegen. Wenn ich ehrlich bin, betrachtete ich die politischen Großwetterlagen in Deutschland lieber durch das Milchglas meiner liberalen wie libertinären Lebensweise und Anschauungen. Bis ich Leon erneut traf.

Per Funk vereinbart trafen wir uns ein zweites Mal etwa Mitte Mai 1941 in Isenbruch. Ein Speiselokal, ´Alte Post`, unauffällig. Der kleine Ort liegt etwas nördlich von Aachen im Selfkantkreis, direkt an der holländischen Grenze.

Er kam mit einem VW-Kübelwagen des Heeres. Leon sah aus wie der soldatisch leibgewordene Musterdeutsche. Er hatte das Fahrzeug über die grüne Grenze gebracht. Ein Jahr nach dem Überfall auf das kleine Nachbarland war die Grenze nur diffus bewacht. Ich war dennoch sprachlos.

Wir waren ziemlich glaubhaft in unserer Darbietung als alte Freunde, die ein paar Stunden miteinander verbringen wollten. Leon trug die Felduniform eines Major. Und er war im Besitz eines Marschbefehls, der ihn als Angehörigen einer, in dem kleinen Grenzstädtchen Gangelt stationierten, schlesischen Einheit auswies. Sein Liegnitzer Akzent war hervorragend gesetzt.

Ich gab den Hauptstadtkorrespondent, souverän und ausgestattet mit allen Regalia des wichtigen Journalisten für den Fall einer Überprüfung.

Wir waren die einzigen Gäste, aßen Fadennudelsüppchen, Pferdefleisch sauer und Apfelhaferkompott mit Sauerrahm, hörten zu, als der Wirt über Gerüchte von der Verlegung deutscher Truppen sprach, die vermutlich nach Osten in Gang gesetzt werden sollten und dass in dieser Gegend wohl bald keine deutsche Soldaten mehr sein würden. Von Grenzpolizisten und Gestapo einmal abgesehen. Nach dem Essen fuhren wir aus dem Ort zu einem Kiefernwald. Wir konnten uns inkognito fühlen. Bis auf den Wirt hatten wir –so glaubten wir- keine weiteren Einwohner zu Gesicht bekommen. Der Wirt hatte einige Verwandte, die auf der anderen Seite der Grenze lebten. Transnational Familiäres in nationalsozialistischer Zeit. Der Wirt wäre, nein er war, zu unserem verlängerten Arm geworden. Er würde, so es dazu käme, den Schergen von einer harmlosen und alter Freundschaft geprägten Begegnung zweier ihm ganz sympathischer Männer berichten, die sich offenkundig länger nicht gesehen haben und nun, jeder für sich, wohl Karriere gemacht zu haben schienen. An ihre Namen, nein, an die kann er sich nicht mehr erinnern. Gäste eben, gut für den ansonsten eher mageren Umsatz ...

Als wir in einen schmalen von zahlreichen Baumwurzeln durchsetzten Sandweg einbogen und Leon den Motor abstellen wollte, bemerkten wir auf der Landstraße ein Fahrzeug. Es kam von Isenbruch her und fuhr mit erhöhter Geschwindigkeit in unsere Richtung. Kurz vor dem Waldweg, wo wir uns gerade befanden, bremste das Auto scharf ab, bog zu uns ein und zwei Männer sprangen aus dem Fahrzeug. In mir stieg grenzenlose Panik auf. Die Männer gingen zielstrebig auf Leon zu.

Als sie ihn erreichten hatten, nahmen sie ihn in ihre Mitte und gingen tiefer in den Weg hinein. Ich war zutiefst irritiert. Was hatte das jetzt zu bedeuten? Nach gefühlten zehn Minuten kamen die drei zurück. Leon sah mich mit ernstem Gesicht an und sagte: »Du hast die beiden nie gesehen, verstehst du? Ich muss weg und zwar rasch.«

Zu meiner überaus großen Erleichterung standen Leon und die beiden Männer auf derselben Seite. Immerhin wäre der hiesige Forst groß genug, um zwei Menschen eben mal hinzurichten und sie anschließend verschwinden zu lassen. Seit seinem Grenzübertritt blieben Leon nur knappe zwei Stunden, bevor er wieder zurück musste. Mit einer deutsch-niederländischen, antifaschistischen Organisation hatte er Treff- und Zeitpunkt, irgendwo in der niederländischen Grenzgemeinde Susteren, ausgemacht.

Von dort sollte er nach Norden über das friesische Leeuwarden nach England ausgeflogen werden.

Neben anderen Informationen berichtete Leon noch eine Neuigkeit, der man den Titel ´Mission des Grauen` hätte geben müssen. Er muss sie wohl gerade eben von den beiden Männern selber erfahren haben. Dabei ging es um eine Hilfsaktion des ´Schweizer Roten Kreuzes`, welche ab August 1941, also vor wenigen Wochen gestartet worden war. Es müssen etwa zweihundert schweizer Ärzte und Krankenschwestern, Sekretärinnen und

Fahrer vom Schweizer Roten Kreuz angeworben worden sein, die sich auf eine ʹfreiwillige Mission an die Ostfrontʹ sowie nach Warschau begeben haben. Diese neutralen Helfer glaubten, wie Leon sagte, an eine rein humanitäre Aktion. Den einen mag ihr Vaterland am Herzen gelegen haben, dass sie mit ihrer Teilnahme vor Deutschland schützen wollten. Andere wiederum wollten ihren Erfahrungshorizont erweitern. Ganz faszinierend, oder? Doch was sie nicht wissen konnten:

Die Schweizer Regierung hatte sie an Deutschland verkauft. Die Hilfsaktion entpuppte sich als Mogelpackung.

Eugen Bircher, ein hoher Schweizer Militär und Chirurg, der Schweizer Botschafter in Berlin, das Rote Kreuz sowie wichtige Industrielle hatten dieses Paket zusammen mit der Wehrmacht geschnürt. Leon sagte, dass die schweizer Regierung verzweifelt nach eine Lösung suche, um die Deutschen vom Einmarsch in das neutrale Land abzuhalten. Ebenso kursierten Gerüchte über die Errichtung eines Korridores durch die Schweiz.

Inwieweit diese Aktion tatsächlich als eine genügend große Beschwichtigungsgeste geeignet war, vermag ich ebenso wenig zu sagen wie Leon. Unglaubhaft ist sie allemal! Außerdem würde die Wirkung dieser lächerlichen Geste nicht lange anhalten.

Die Teilnehmer der so genannten Hilfsaktion hatten das offenbar nicht im Geringsten realisiert. Neben diffusen politischen Absichten war es vielleicht nur Abenteuerlust, welche die Teilnehmer aus ihrem Heimatland nach Osten führte.

Über Gewährsleute aus dem Widerstand im Elsass hatte Leonʹs Gruppe erfahren, dass gerade die ʹVerbindung der Schweizer Ärzteʹ eine treibende Rolle während der Rekrutierungsphase in den Krankenhäusern gespielt hatte. Erst nach Beginn dieser Reise wurden die Mitglieder der Mission genauer eingewiesen.

»So kommen Sie rechtzeitig zu unserem Sieg«, sagte ein österreichischer Oberst, der zur Begleitung abbestellt war, bei der Übernahme des kleines Trosses auf dem Baseler Bahnhof. Moskau fällt in den nächsten Tagen. Das wird ein Spaziergang für sie!« Gerne glaubten das die Schweizer, waren sie doch auch alle Gegner des Kommunismus. Nur wenige der Reiseteilnehmer waren ausgesprochen nazifreundlich, die große Mehrheit wollte einfach nur den deutschen Sieg, insbesondere über die Sowjetunion. Doch die Realität sah anders aus. Denn diese Schweizer wurden der Wehrmacht unterstellt – ihre Neutralität wurde ebenso wie sie selber den Umständen geopfert. Wie ich, der im Glashaus sitzt.

Unterwegs begegneten der Gruppe neben Gefangenenmärschen mit offensichtlich schlecht verpflegten Russen auch Bahntransporte mit ebenso desolaten russischen Gefangenen. Tote wurden aus dem Zug geworfen. Die schweizer Ärzte und das Pflegepersonal erhielten die strikte Order: »Nur Deutsche sind zu operieren und zu pflegen.« Alle anderen hippokratischen Hilfeleistungen waren den Eidgenossen strengstens verboten.

Die Zahl der Amputationen in den Lazaretten der deutschen Wehrmacht ging jetzt steil nach oben, weil die Russen noch mehr Artillerie einsetzten. Bei der Hilfaktion ging es wohl einfach nur darum, die deutschen Mediziner zu ergänzen oder zu ersetzen.

Niemals kann der Krieg die Fortsetzung der Politik sein!
Mit anderen Mitteln? Dass ich nicht lache. Ein Treppenwitz von von Clausewitz. Wirrköpfige Agnostiker sind wir, die nicht wissen, welche Seite oben und welche unten ist; allesamt der so holden Vernunft ergeben – jenem Katzengold der Intelligenz!
Gewiss, alles befindet sich im Fluss der Bewegung, und es gibt eine Dialektik der Dinge sowie es eine von Darwin aus der Natur herausgelesene Evolution gibt. Ich fasele dummes Zeug, bin fatalistisch, stochere im Nebel der Erkenntnis. Gerechtigkeit Gottes? Wie nennt man die Idee, wenn man das so genannte Böse und die so genannte Güte in dieser Welt gleichzeitig ansieht?
Wo ist Gott eigentlich, wenn er nicht da ist? Eine Frage, fast so alt wie die Geschichte der Menschheit. Ich habe Leon nicht mehr gesehen.

***

23. Dez. 1941, 06.10h, 59° 10′ 09″ n.B. / 30° 42′ 34″ ö.L

Ich friere! Noch immer herrscht tiefe Dämmerung. Wie weit bin ich vorangekommen? Wie ist meine genaue Position? Ich würde vieles darum geben, dies zu wissen. In zwei Stunden wird sich das erste, noch schwache Tageslicht zeigen.

Bisher erwies sich der Wald als Sichtblende, die aus früheren Rodungen stammen, gerade mal dreihundert Meter Forst im Durchmesser. Viel zu wenig, um sich wenigstens vorläufig sicher fühlen zu können. Der Nebel hat sich gelichtet; zu sehr für meinen Geschmack. Die sich gegen den hellstreifigen Horizont abzeichnende dunstige Luft sieht aus, als besäße sie einen, wenn auch nur vage, sichtbaren Körper.

Ich versuche mich geistig zu zwicken, zu provozieren, ich zwinge mich regelrecht, allem um mich herum eine Bedeutung zu geben. Wach bleiben, hellwach, hochgradig aufmerksam. Gleichzeitig versuche ich einen Wahrnehmungstrick. Ich tue so, als würde die landschaftliche Situation um mich herum auf eine leichte, elegante Weise vorüberziehen. Wie in den Filmen, in denen die Schauspieler in einem Eisenbahnwaggon oder einem Auto sitzen, und wegen der Dramaturgie lässt der Regisseur entweder hinter oder vor ihnen einen Film abspielen. Vermutete Illusion dämpft die Realität ein wenig.

Ich war jetzt der »Foreign Correspondent«.

Es war der Film eines berühmten britischen Regisseurs, von dem mir Leon beiläufig erzählt hatte, als er mich bat, die Leningrader Situation zu dokumentieren. Der Film handelt von einem überaus ehrgeizigen US-Sensationsreporter. Unmittelbar vor Ausbruch des Zweiten Weltkrieges ist der Reporter als Korrespondent für seine New Yorker Zeitung in Europa unterwegs, um im krisengeschüttelten Europa den Stand der Kriegsvorbereitungen zu recherchieren.

Bei seinen Recherchen gerät er in eine mörderische Intrige der Nationalsozialisten und deckt, so völlig unvermittelt, einen deutschen Spionagering auf. Nach einer wirklich abenteuerlichen Hetzjagd gelingt es ihm in letzter Minute, seine Freundin, sich selbst, und seinen sensationellen Bericht natürlicherweise in Sicherheit zu bringen.

Wirklich wundervoll, dieser Vergleich. Als Spion konnte ich mich getrost bezeichnen; und mörderisch war es allemal, was die Deutschen um Leningrad anstellten. Jetzt fehlte mir nur noch die Freundin. Ganz sicher würde ich es mit meinem Treiben zu Ruhm bringen. Gewiss, Ruhm kann etwas Wundervolles sein. Die einzige Frage aus meiner Sicht war: wie werde ich überleben?

Ich hoffe, nehme an, weiß, bitte darum, dass ich mich im Gebiet zwischen den Flüssen Luga und Pljussa bewege. Mein Fernziel muss Reval heißen. Ich muss die Narva queren, um den Peipussee nördlich zu passieren.

Aber ich darf auf dieser Route nicht zu weit nach Norden abkommen, sonst gerate ich womöglich noch in die Nähe eines Weilers, eines Dorfes oder sonstigen Siedlung und damit unweigerlich in Gefangenschaft. Ich glaube nicht daran, dass die russische Zivilbevölkerung einen Deutschen in Schutz nehmen wird. Ob mich die hier unter General Schukow kämpfende Rote Armee aufgreift, ob es die 18. deutsche Armee ist, oder fast schlimmer noch, die überall schwärmende SS: Es ist kein nennenswerten Unterschied für mich.

Nicht zuletzt treiben sich hinter den einzelnen Frontabschnitten reichlich Freischärler, Partisanen oder andere, so wie ich unfreundlich gestimmte Flüchtlinge und aggressiv-ängstliche Deserteure herum. Ich habe keine Ahnung, wie die aktuelle Situation aussieht. Der Schlüssel zu meinem Glück heißt Ilmensee, dann Ingermanland und nördlich vorbei am Peipussee nach Reval. Dann entweder parallel zur Küste nach Süden oder mit einem Schiff über die Ostsee nach Schweden oder ... ins Reich. Ins Reich ...

Ich muss jetzt voran, immer weiter, weiter. Ich werde es schaffen, ich werde es schaffen. Robert Frost's "Stopping by Woods on a snowy Evening", fiel mir ein. Dabei erinnert mich eine bestimmte Stelle in der deutschen Übersetzung dieses Gedichtes an meine eigene, fatale Situation: »Des Waldes Dunkel zieht mich an, doch muss zu meinem Wort ich stehn und Meilen gehn, bevor ich schlafen kann und Meilen gehn, bevor ich schlafen kann.«
Ich hatte keine Angehörigen mehr. Ich weiß nicht weshalb, aber ich musste, fast schon zwanghaft, an die existenziellen Eigenschaften lebender Organismen denken, an die Lebensprinzipien: Reizbarkeit, Atmung, Bewegung, Wachstum, Fortpflanzung, Ernährung und Ausscheidung. Ein solcher Organismus war ich.

Ich muss jetzt bedingungslos auf meiner Seite sein, denn ich möchte keinesfalls dem unendlich geduldigen Volk der Verstorbenen angehören. Vorsichtig bewege ich mich voran. Jeder Fehltritt kann den sicheren Tod bedeuten; wie, weiß ich nicht! Schwaden dringen aus Mund und Nase. Ich stehe am Waldrand, bücke mich, dass ich unter den tief wachsenden Zweigen schadlos durchkomme. Verfluchtes unübersichtliches Gelände. Will instinktiv immer Deckung im Rücken haben. Dichtes Buschwerk überall; ich kann einen Meter hinter einem Menschen oder einem Bären stehen, genauso wie er hinter oder vor mir, wenn er sich nur absolut still verhält und würde ihn nicht einmal bemerken. Leise platschende Geräusche springen ans Ohr. Wasserlöcher, Sumpfnixen, Pfuhle mit sehr unterschiedlichem Charakter und Eigenleben.
Ich sehe mich um. Menschen in Uniform scheinen das Gelände zu erkunden. Halluziniere ich? Ich bin verunsichert. Gibt es eine Bewegungsstruktur, Hufeisenbogen, Zangenbewegung? Nein, weder noch, bis jetzt. Ich sehe weder den Zufall noch eine erkennbare Absicht in dem was sie vorhaben. Sie bewegen sich in einer Art und Weise, die keinen Rückschluss darauf zulässt, ob es sich bei ihnen um Jäger oder Gejagte handelt. Seltsam geduckt,

als könnten sie sich nicht entscheiden, entweder besser zu sehen oder vielmehr besser nicht gesehen zu werden. Ich ducke mich ebenfalls. Ich will nur sehen, aber nicht gesehen werden.

Wenn ich dürfte, müsste ich seelentief schluchzen, jetzt und auf der Stelle. Ein Königreich für einen Fuchsbau.

Weiter nach Südosten zu ist der Waldai. *Achte auf deine nächsten Schritte.* Aus einem kleinen See heraus entspringt die Wolga und fließt nach Südosten. *Sei vorsichtig bei der Birkengruppe.* Auch die Düna entspringt im Waldai, fließt aber Richtung Süden. *Düna, Dünung, Dynamit; ja, jetzt Dynamit besitzen und ich würde mich besser fühlen.* Und ein dritter großer Strom, der Dnepr, der ins Schwarze Meer mündet, hat hier seinen Ursprung. *Warum sitzen hier die Raben so dicht in den Baumwipfeln? Diese Verräter der Flüchtenden! Diese Anzeiger des Todes! Schweigt, seht woanders hin!* Der Waldai ist ein weitläufiges Hügelgebiet. Ich muss nach Westen, nach Süden, nach Südwesten. Fast scheint es so, als könnte ich die große, vollständige Topografie auf meiner inneren Landkarte finden. Dennoch, im kleinen Maßstab, jetzt und hier vor Ort, bin ich verloren. Ich besitze kein Abstraktionsvermögen mehr, sehe nichts deutlich außer Landschaft, nichts als weite, heimtückische Landschaft, herrlichste, schauerlich tätowierte Natur. Ursprünglichkeit, wohin ich auch blicke. Aber ich bin hier nicht der Naturreisende, auf der Suche nach wunderbarer Entgrenzung, Verschmelzung und dem Einswerden mit der Natur.

Nein, ich sehne mich vielmehr nach Enge, nach Gassen, lärmenden Straßen und richtigen Verkehrsregeln, ich will sauer abgestandenes Essen riechen und stinkende Pissoirs. Ich muss mich zusammenreißen, damit ich keinen Koller kriege. Ich lenke mich zwanghaft ab, gleichzeitig ist es mein Minutengebot, messerscharf aufmerksam bleiben. Etwas geschieht. Ganz kurz nur. Gleichzeitig spüre ich, wie in meiner Nase Bierdunst und ein ungewöhnlich starker Blutgeruch aufsteigt. Wie seltsam! Ich hole etwas zu laut tief Luft, weil ich mich noch einmal sammeln will.

In dem Moment sehe ich eine große Bewegung neben mir.

***

Ingermanland ist eine historische Landschaft in Russland rund um -ganz nach historischem Belieben- St. Petersburg oder Leningrad. Sie wird im Westen vom Fluss Narva, im Südwesten vom Peipussee begrenzt. Die historische Grenze zu Karelien bildete der Rajajoki, der ´Grenzfluss`.

Dieser Landstrich wurde nach der schwedischen Königstochter Ingegärd benannt, die im Jahre 1019 Jaroslaw den Großen, den Herrscher von Nowgorod heiratete. Es stellte seither einen Teil Russlands dar. Von 1617-1721 gehörte es zu Schweden. Nach dem Nordischen Krieg fiel es wiederum an Russland zurück.

Peter der Große hatte an der Stelle des schwedischen Dorfes Nyen bereits 1703 die Festung Petersburg gegründet, die dann zur Hauptstadt des Zarenreiches wurde.

Die ursprüngliche Bevölkerung des Ingermanlands sind die Ingrier und die Woten. Diese Völker gehören wie die Esten, Finnen oder Ungarn zu der finno-ugrischen Sprachfamilie. Im 17. Jahrhundert siedelten sich zudem Schweden und Finnen an.

Nach der Oktoberrevolution 1917 gab es eine kurzlebige Unabhängigkeitsbewegung, die von Finnland ausging und zwischen 1919 und 1920 einen Teil Nordingermanlands erobern konnte. Die provisorische Regierung ließ sogar eigene Briefmarken drukken, die heute unter Sammlern sehr begehrt sind. Im Jahre 1920 fiel das Gebiet mit dem Frieden von Dorpat dann an die Sowjetunion. Während des Zweiten Weltkriegs flohen die meisten Ingrier, Woten und Finnen nach Finnland. Auf Stalins Geheiß mussten die Ingrier und Woten zurückkehren. Sie wurden daraufhin nach Sibirien deportiert.

Auch die nationalsozialistische Führung wollte dem Ingermanland ihren Stempel aufdrücken.

Gemäß der nationalsozialistischen Germanisierungspolitik sah der Generalplan Ost vor, Ingermanland mit Deutschen zu besiedeln. Große Teile der ursprünglichen Einwohner sollten ermordet oder vertrieben werden. Heute stehen Kultur und Sprache der Ingrier und Woten vor dem Aussterben.

Kein Zweifel, ich bin Deutscher, bin hier im Land dieser Ingrier und Woten, welche dieses Land wieder ersehnt; im Land, das sich den Finnen und Esten zuwendet; im Land, das den machtaggressiven und deshalb unerwünschten Russen seine devote Verachtung zeigt; im Land, das die erfolgreichen Deutschen irgendwie preußisch toleriert, aber dennoch mit scheelem Blick ansieht.

Alles wird gut auf dieser Welt, in diesem Landstrich, mit diesen Menschen, ach, und mit mir, alleine, mit meinen mittlerweile sumpfbraunen Hosen und Schuhen, meinem Schmutzgesicht, meschuggenem Verhalten und meinem Willen, zu überleben. Habe ich überlebt? Was soll's, mit einem leeren Grinsen kann ich sagen, dass ich wohl ebenfalls vor dem Aussterben stehe.

Es liegt einfach nicht mehr in meiner Hand. Ich bin jetzt der Boden, über den der Besen fährt, so, wie es ihm gefällt. Ich sehe deshalb nicht den Schmutz, der auf mir, dem Boden, liegt. Der Besen fegt und hinterlässt nichts als eine Fläche, die sich unter meiner Betrachtung immerzu verändert. Kleine Dellen, verschieden lange Riefen, dunkle und helle Flecken, die sich mit blank gescheuerten, glänzenden Stellen abwechseln. Keine Möglichkeit, anzuhalten, den Blick zu vertiefen, ihm Gewissheit zu geben, was es ist, das er gerade ansieht, das, was mein Leben sein sollte, hätte sein können ... was weiß ich. Auch folgt dem fegenden Besen keine Katharsis, noch nicht einmal das. Nur eine Leerstelle, blank, glatt, letztlich ohne das kleinste Relief an seiner Oberfläche.

Mein Leben wurde nie von Liebe zugedeckt, atmete selten die neue und unverbrauchte Luft des emotionalen Frühlings. Ich habe immer nur umher geblickt und nach gesehen - den anderen Menschen. Ich habe Ausschau gehalten nach den raren Momenten, die helfen sollten, mich zu erneuern, mich zu erden und mir gleichzeitig den Schwebezustand von Glück zu bringen. Aber diese Boten kamen nie zu mir. Also habe ich mich weiter umgesehen, jemanden zu finden, der wie ich tief hinter dem Brustbein spürt, dass es nichts zu sagen gibt. Wie eine alte Liebe, die ohne diese klischeehaftes Bedeutungsschweigen auskommt und deshalb immer neu ist.

Mein Dasein ist so gänzlich unbehütet. Es war nie etwas anderes als von etwas bestimmt, das ich nicht benennen, ja, noch nicht einmal begreifen kann.

Mein lieber Leon, manche Menschen sagen, dass Zukunft der Erinnerung bedürfe.

Mag sein, mein Haus in Gross-Glienicke hinterlässt eine fahle Erinnerung, oder mein Leben in meinem Berliner Büro. Das sind die Felsen in der Schlucht des Wasserfalls, die stehen geblieben sind, der ganze Rest ist unsagbare Strömung.

Wirklichkeit ... Abenteuer des Denkens ... der Gefühle:

Mit dem Leben des Menschen ist es offenbar so eine Sache. Selbstverständlich ist es jedenfalls nicht, und begründet scheint es mir ebenfalls nicht zu sein. Nur die Natur erweist sich stets als das, was sie ist: mit sich selbst identisch und in diesem Sinne selbstverständlich. Selbstverständnis ... Identität:

Es gibt keine größeren Fremdwörter für mich.